हिन्द पॉकेट बुक्स

बेगम का तकिया

पंडित आनंद कुमार हिन्दी के प्रतिष्ठित लेखक हैं। इन्होंने कहानियों के अलावा हास्य व्यंग्य और कविताएं भी लिखी हैं। आपकी रचनाओं के अंग्रेजी में भी अनुवाद हुए हैं और बच्चों के लिए भी आपने अच्छी-अच्छी कविताएं लिखी हैं। आपको अनेक सामाजिक एवं साहित्यिक पुरस्कारों से नवाजा जा चुका है।

बेगम का तकिया

पंडित आनन्द कुमार

हिन्द पॉकेट बुक्स
पेंगुइन रैंडम हाउस इम्प्रिंट

हिन्द पॉकेट बुक्स

यूएसए | कैनेडा | यूके | आयरलैंड | ऑस्ट्रेलिया
न्यू ज़ीलैंड | भारत | साउथ अफ़्रीका | चीन | सिंगापुर

हिन्द पॉकेट बुक्स, पेंगुइन रैंडम हाउस ग्रुप ऑफ़ कम्पनीज़ का हिस्सा है,
जिसका पता global.penguinrandomhouse.com पर मिलेगा

पेंगुइन रैंडम हाउस इंडिया प्रा. लि.,
चौथी मंजिल, कैपिटल टावर -1, एम जी रोड,
गुड़गांव 122 002, हरियाणा, भारत

पेंगुइन
रैंडम हाउस
इंडिया

प्रथम हिन्दी संस्करण हिन्द पॉकेट बुक्स द्वारा 1985 में प्रकाशित
यह हिन्दी संस्करण हिन्द पॉकेट बुक्स में पेंगुइन रैंडम हाउस द्वारा 2022 में प्रकाशित

10 9 8 7 6 5 4 3 2

ISBN 9789353492151

मुद्रकः रेप्रो इंडिया लिमिटेड

www.penguin.co.in

FSC www.fsc.org
MIX
Paper from responsible sources
FSC® C047271

This is a legitimate digitally printed version of the book and therefore might not have certain extra finishing on the cover.

कुछ बातें

प्रस्तुत नाटक के इतिहास के विषय में पाठकों को कुछ बातें बता देना अच्छा होगा।

आकाशवाणी के चीफ प्रोड्यूसर ड्रामा श्री सत्येन्द्र शरत् ने मेरा उपन्यास "बेगम का तकिया" श्री रनजीत कपूर को पढ़ने के लिए दिया था। शायद विनोदार्थ ही दिया होगा, पर वह विनोद रनजीत जी के मन में कहीं गहरा उतर गया। उस समय वह नेशनल स्कूल ऑफ ड्रामा, दिल्ली से संबद्ध थे। उन्होंने उपन्यास को स्कूल के मंच पर नाटक रूप में लाना चाहा। मैंने स्कूल को अनुमति दे दी। रनजीत जी ने उपन्यास का नाट्य-रूपांतर और रिहर्सल प्रारम्भ कर दिये।

इन्हीं दिनों इस योजना के विषय में कुछ तर्क-कुतर्कों की भनक पाकर मैं स्वयं दिल्ली गया था। सुना था कि उपन्यास लगभग सभी कलाकारों ने ध्यान से पढ़ा-गुना है; पर रवीन्द्र भवन में नाटक के रिहर्सल देखकर मुझे आश्चर्य हुआ कि स्कूल के अनुभवी और दक्ष कलाकर अपने आपको भूमिकाओं से समरस नहीं कर पा रहे हैं। दरियाशाह जैसे गम्भीर चरित्र की कल्पना को कलाकार न केवल किसी वज्द में आये हुए मस्तान की तरह साकार कर रहा है, अपितु सारे-के-सारे संघ-संच में कहीं एक घुटा हुआ-सा असंतोष व्याप्त है।

कारण था, नाटक के अन्त के विषय में रूपांतरकार से मतैक्य का अभाव।

रनजीत जी की विचारधारा एक अकल्पित दिशा में प्रवाहित हो रही थी। उनकी कल्पना थी कि अमीर अली के कारण ऐश बेगम की बेटी रौनक़ जो बगदार गांव में आकर जमी, तो उसके पीछे-ही-पीछे और अनेक वेश्याएं उस राज-मज़दूरों के खेड़े में आकर बस गईं। ऐश बेगम की साज़िश के मुताबिक बगदार रौनक़ाबाद कहलाने लगा और रौनक़ ने दरियाशाह के तकिये पर महल बनवा कर उस-पर अधिकार कर लिया। अर्थात् राज-मज़दूर देखते रह गये और दरियाशाह भाग गये।

यह कथावस्तु का रूपान्तर नहीं था। काय परिवर्तन था। यह कल्पना, कल्पना तो थी ; पर मेरे उपन्यास की नहीं थी। यह तो मेरी कल्पना से बिल्कुल अलग, उल्टे-सुल्टे चौंका देने-वाले विचार थे। यही होना था, तो टीले पर बैठकर दीन-दुनिया का ज्ञान बघारता हुआ दरियाशाह था ही किस मर्ज़ की दवा? साधु को असमर्थ सिद्ध करना तो लक्ष्य नहीं था। तकिये के महल पर ऐसी कमज़ोर, कुरूप बुर्जियां चढ़ानी थीं, तो बुनियाद में दरियाशाह जैसे कामिल और पीरअली जैसे ईमाननार के सुडौल कंधे लगाने की ज़रूरत ही क्या थी? लगा दिये तो यह बुर्जी-कंगूरे उसपर टिक कैसे जायेंगे? वेश्याओं के किसी गांव का इतिहास बताना, तो मेरे उपन्यास का उद्देश्य ही नहीं था।

रूपांतरकार की यह कल्पना किसी सहयोगी के गले नहीं उतरी। असंतोष और कुतर्क बेजा नहीं थे।

अस्तु अभिनेताओं को यथासम्भव पात्रों की भूमिकाएं समझा कर, रूपांतरकार को उनकी बदली हुई विचारधारा से परावृत्त करके नाटक को एक निश्चित और उचित दिशा देने के लिए मैं ने दिल्ली में ही उन्हें वे अंतिम दृश्य लिखकर दिये, जिस में रौनक़ द्वारा तकिये पर अधिकार जमाने की चढ़ाई से चिढ़कर क़तराशाह दरियाशाह की सामर्थ्य तक को ललकार देता है और दरियाशाह उसे ईमानदार पीरअली के खून से उठने वाले तूफ़ान की दुहाई देकर न्याय में विश्वास रखने के लिए कहते हैं।

इसके बाद पीर अली के खून की बूंद गिरते ही, देसी लोगों द्वारा परदेसियों को मार भगाने पर फ्रीज़ करके रूपांतरकार ने नाटक का अन्त कर दिया। बहुत कुछ महत्वपूर्ण रह गया; पर नाटक बहुत सफल रहा।

सफलता निःसंदेह "बहुत कुछ" तो है, पर मेरी दृष्टि में "सब कुछ" नहीं है। विषय के यथातथ्य निरूपण में कृतकार्य न होकर भी यदि हमें दर्शकों की प्रशंसा प्राप्त हो जाती है, तो यथार्थ यह है कि वह प्रशंसा और सफलता नहीं है, ठगनी माया है। मायावियों को भी इससे बचना अच्छा।

"बेगम का तकिया" उपन्यास की और नाटक की भी आधारभित्ति प्रारम्भ में दरियाशाह के सामने उठाने गये क़तराशाह के वे प्रश्न हैं कि फ़िक्र क्या है, अमीरी क्या है, कंगाली क्या है, दौलत क्या है, औरत क्या है इत्यादि। ये प्रश्न ही उनकी बुनियाद हैं। बुनियादी प्रश्नों का ही अन्त तक कोई समाधान न देकर किसी तकनीकी पद्धति से थ्रिल पैदा करके हमने नाटक समाप्त कर दिया, तो दर्शकों को भ्रमजाल में उलझा कर हम उनकी वाहवाही तो लूट लेगें ; पर विषयवस्तु के साथ निश्चय ही यह न्याय न होगा।

श्री रनजीत कपूर मंच-विधा के जाने-माने कलाविद हैं। उनकी कुछ सीमाएं भी थीं ; पर मंच की सीमाओं और कठिनाइयों को जानते हुए भी मैं यह कहने को बाध्य हूं कि यह न्याय "बेगम का तकिया" उपन्यास के उस नाट्य-रूपांतर में हुआ।

इसी न्याय के लिए मैंने यह नाट्य-रूपांतर स्वयं किया है। मूल आधार एक होने के कारण साम्य तो होना ही ठहरा ; पर बहुत कुछ छूटी हुई महत्व की सामग्री को समो-समेट-कर यह अपने आप-में सम्पूर्ण है।

2 ए-नवरंग, —**आनंद कुमार**
भूला भाई देसाई रोड,
कांदीवली (प०), बम्बई-400067

पात्र और वेश-भूषा

दरियाशाह : आयु 60 वर्ष भी हो 80 भी। सिद्ध फ़क़ीर। ऊंचा-पूरा, सौम्य और तेजस्वी व्यक्तित्व। कंधों तक घुंघराले बाल। प्रारम्भ में छोटी-छोटी दाढ़ी-मूंछें। (शरई नहीं) वस्त्रों में एक चुख़ा और लुंगी। काल के साथ-साथ बढ़ती हुई दाढ़ी-मूंछे और परिस्थिति के अनुसार बदलता हुआ वेश।

क़तराशाह : 30-35 वर्ष की आयु का जगजंजाल में उलझा हुआ निःछल, तर्कवादी, जिज्ञासु फ़क़ीर। प्रारम्भ में दरियाशाह से बड़ी, पर छोटी ही शरई दाढ़ी मूंछे। शरीर पर कफ़नी और लुंगी। गले में कई रंग-बिरंगी मालाएं। कंधे पर छोटा-सा झोला। आगे समयानुसार बढ़ती हुई दाढ़ी-मूंछ और बदलता हुआ वेश।

अमीरअली : उपनाम मीरा। आयु 35-40 वर्ष। पेशा राजगीरी। असंतोषी, मूर्ख, लालची, गंजेड़ी, गवैया। मुंह पर केवल शरई मूंछें। प्रारम्भ में तन पर दोहरी करके बांधी हुई लांग-दार धोती, क़मीज और फटी-सी सदरी। सर पर पिटी-छिती-सी गोल टोपी, पांव में फूटी-टूटी जूती। परिस्थिति के अनुसार बदलते हुए वेष।

पीरअली : उपनाम पीरा। आयु 25-30 वर्ष। अमीर अली का भाई। पेशा वही राजगीरी। निर्धन। अपने-आप में पूर्ण संतुष्ट। हर समय हंसमुख। हर पीरस्थिति में कठोर ईमानदार। मूंछ-दाढ़ी रहित। छोटे-छोटे बालों वाला सिर नंगा। पैर

में जूते हैं, तो हैं, और नहीं हैं, तो नहीं तन पर कुर्ता और लुंगी।

बुंदू मियां : आयु नौ कम सौ वर्ष। पेशा राजगीरी। करारा व्यक्तित्व ईमानदार। ढोलक बजाने में निपुण। शरई सफ़ेद मूंछ-दाढ़ी। बड़ा-सा साफ़ा, तन पर कुर्ता, जाकेट, ऊंचा-सा पाजामा, पांव में देसी जूती। हाथ में सदा एक पतली कान तक की लाठी।

सरफ़ुद्दीन : आयु 30-35 वर्ष। पेशा वही राज मिस्त्री का। मुंह सफ़ाचट। बेईमान। निर्धन। कपड़ों में कुर्ता, दोहरी धोती, काली-सी गांधी टोपी।

अलीजान पंसारी : आयु 40-45 वर्ष। पेशा दुकानदारी। गांव का साहूकार। महा लोभी। मुंह पर सिर्फ़ इस्लामी मूंछें। तन पर मैला-सा कुर्ता, वास्कट और पाजामा। सिर पर चंदोवा फटी दुपलिया-सी टोपी।

नूर मुहम्मद : आयु 60-65 वर्ष। जुलाहा। ईमानदार। लाठी के सिवा सब बुंदू मिया की-सी वेश-भूषा।

करीमन : आयु 45-50 वर्ष। गरीब, ईमानदार, विधवा स्त्री। गजी-गाढ़े की कुर्ती ओढ़नी और ढीला-ढाला चूड़ीदार पाजामा।

अमीना : आयु 20 वर्ष। नूर मुहम्मद की बेटी, पीरा की पत्नी। मन की निर्मल, तन की सुन्दर। निर्धन, पर आत्माभिमानी। वस्त्रों में कुर्ती, ओढ़नी और शलवार। गिलट चांदी के दो-एक गहने।

ऐशबेगम : आयु 40-45 वर्ष। मोटी-झोंटी, सुन्दर, महा चालाक वेश्या लिबास में चोली, दुपट्टा, चुस्त पाजामा और ख़ूब ज़ेवर-गहना।

रौनक़ : आयु 20-25 वर्ष। ऐश बेगम की बेटी। मां की तरह हर्राफ़ा चेहरे-मोहरे, चाल-ढाल और बोलचाल में बाज़ारी झलक साफ़। लिबास तवायफ़ाना।

सबरंग ख़ां : आयु 30-35 वर्ष। ऐश बेगम का बेटा, रौनक़ का भाई। पेशे से तबलची। हर समय ज़नखों जैसी बोल-चाल, चाल-ढाल। कपड़ों में क़मीज़, मख़मली कामदार वास्कट, रामपुरी टोपी, पांव में कलकतिया स्लीपर।

अल्लाबंदा : आयु 50-55 वर्ष। सारंगिया। शायद सबरंग और रौनक़ का बाप। हर दशा में धीमी गति से बोलने वाला। बहुत चालाक। लिबास में ऊंचा-सा अलीगढ़िया पाजामा, क़मीज वास्कट, कंधे पर झाड़न और सिर पर तुर्की टोपी। ज़रूरत के वक्त मैली-सी शेरवानी।

अन्य देहाती : देहातियों जैसे गरीब, ज़नखे-जैसे ज़नखे, फ़कीरों-जैसे फ़कीर। बदली हुई दशा में कारीगरों जैसे-कारीगर।

घटना स्थल

तकिया : (**दांया-बांया**) दर्शकों की ओर से मंच के दायीं ओर के पिछले भाग में तकिये पर आने की सीढ़ियां। बीच में एक वृक्ष। पीछे बायीं ओर एक खंदक। खंदक के बराबर से एक पगडंडी, जो कि दिखाई नहीं देती, पर आया-जाया जा सकता है।

दुमंज़िला : दाईं ओर नीचे अलीजान की दुकान। पीछे की ओर दुकान से लगी हुई ऊपर जाने की सीढ़ियां। सीढ़ियां चढ़ते ही बायें को अंदर के कमरे का किवाड़ों सहित दरवाज़ा। आगे नीचे के चौक की ओर खुलता हुआ बालाख़ाना।

पीरा का घर : बाईं ओर चौखट लगा हुआ छोटा-सा आंगन। आंगन के पीछे सहन, सहन की दीवार में दो कोठों के किवाड़ों सहित दो दरवाजे।

छप्पर : दुमंजिले और पीरा के घर के बीच की जगह में छोटा-सा खुला चबूतरा।

गली : दुमंजिले और तकिये के बीच से आकर पीरा के घर के आगे से बाईं ओर जाती हुई।

अग्रभाग : मंच का सबसे अगला ख़ाली स्थान।

सम्पर्क सूत्र :

2 ए, नवरंग,
भूला भाई देसाई रोड,
कांदिवली (प०), बम्बई-400067

बेगम का तकिया

आधार भूमि

तकिया

[मंच के और सब भाग अंधेरे में हैं, केवल तकिये पर धीरे-धीरे दिनढले का प्रकाश होता है। पेड़ के नीचे दरियाशाह ध्यानस्थ बैठे हैं। वातावरण में खंजरी पर किसी के गाने की आवाज़ सुनाई देती है :

ले सब्रो-क़नाअत साथ मियां, सब छोड़ दे बातें लोभ भरी। जो लोभ करे उस लोभी की नहीं होती खेती जान हरी। संतोख तवक्कुल हिरनों ने जब हिर्स की खेती अनचरी। फिर देख तमाशे कुदरत के और लूट बहारें हरी-भरी।

[गाना खत्म होते-न-होते क़तराशाह सीढ़ियों से चढ़ता हुआ नज़र आता है। दरियाशाह जैसे समाधि से जागकर एक लम्बी पुकार लगाते हैं—अलख अल्लाह! इतने में ही क़तराशाह सामने आकर अदब से झुकता है।]

क़तराशाह : अस्सलाम अलेकुम!

दरियाशाह : आओ, क़तराशाह! आओ, बैठो!

[क़तरा दोज़ानूं होकर बैठता है।]

दरिया : कहां-कहां हो आये?

क़तरा : बहुत-बहुत दूर हो आया बंदानवाज़! जबसे आपने भेजा तबसे सफ़र में ही रहा।

दरिया: क्या-क्या देखा?

क़तरा: मोहतरिम! कुछ बातें ऐसी देखीं, जिनसे ताज्जुब हुआ। कुछ बातें ऐसी सुनी, जो समझ में ना आई।

दरिया : अल्लाह की कुछ शान है शहज़ादे! दुनिया दिलचस्पियों से भरी पड़ी है।

क़तरा : हुज़ूर! उन दिलचस्पियों ने मेरे दिल में गुमराही का अंदेशा पैदा कर दिया। किर्दगार को याद करता हूं, तो किरदार में उलझ कर रह जाता हूं।

दरिया : ऐसी क्या उलझनें हैं शहज़ादे! जिन्होंने तुम्हें सबीले अल्लाह से गुमराह कर दिया?

क़तरा : हज़रत, मैंने दुनिया में हर शख्स को फ़िक्रमंद पाया। मेरे दिल में पहला सवाल यह पैदा हुआ कि आख़िर इंसान फ़िक्र क्यों करता है?

दरिया : इंसान अपनी फ़िक्र मिटानेवाला खुद अपने-आपको समझता है और इसीलिए फ़िक्रमंद रहता है।

क़तरा : (**उलझन में**) फ़िक्र मिटाने के लिए फ़िक्रमंदी—यह कैसे?

दरिया : (**मुस्कुराकर**) ऐसे ही जैसे तुम अपनी फ़िक्र मिटाने के लिए फ़िक्रमंद हो।

[क़तरा शर्मिंदा-सा होकर चुप रह जाता है।]

दरिया : अब किस फ़िक्र में हो? कोई दूसरा सवाल है?

क़तरा : जी, दूसरा सवाल यह है कि दुनिया में अमीर कौन है?

दरिया : जिसे आरज़ू न हो।

क़तरा: तो फिर कंगाल कौन है?

दरिया: जिसे सब्र न हो।

क़तरा : हज़रत! दुनिया कंगाल उसे कहती है, जिसके पास दौलत न हो।

दरिया : वो तो बेबाक होता है शहज़ादे! दौलत का कंगाली से कोई वास्ता नहीं है।

[क़तरा फिर उलझन में पड़कर सोचने लगता है।]

दरिया : अब किस फ़िक्र में हो? कोई तीसरा सवाल है क्या?

क़तरा : तीसरा सवाल तो फिर यही पैदा होता है कि दौलत क्या है?

दरिया : दौलत ? ...दौलत को दरिया का पानी समझो !

क़तरा : वो कैसे बंदापरवर !

दरिया : भाई ! जैसे दरिया का पानी घूम-फिरकर दरिया में ही वापिस आ जाता है, वैसे ही दौलत भी जहां से चलती है, वहीं लौट आती है।

क़तरा : ऐसा है, तो दौलत के चले ज़ाने से आदमी रंजीदा क्यों होता है ?

दरिया : इसलिए कि यह कंगाल दौलत के लौटने तक सब्र नहीं करता।

[क़तरा कुछ न समझ कर सर झुका लेता है।]

दरिया : और क्या फ़िक्र है क़तराशाह ! कोई चौथा सवाल भी है क्या ?

क़तरा : जी, है। मेरी समझ में यह नहीं आया कि आदमी औरत से इतना वाबस्ता क्यों है और फिर उसी से इतना परेशान क्यों है ? आख़िर औरत शय क्या है ?

[दरियाशाह बहुत ज़ोर से हंस पड़े। हंसते ही पेड़ के ऊपर से बहुत-सी चिड़ियों के चहचहाने की आवाज आती है और रुक जाती है।]

अंक एक

तकिया

[औज़ारों के थैले कंधे पर लादे, थकान से चूर पीरअली (पीरा) और अमीरअली (मीरा) सीढ़ियों से चढ़कर सामने आते हैं।]

पीरा : सलाम बाबा!

दरिया : (**बहुत खुश**) आओ, पीरशाह! आओ!

[मीरा औज़ारों का थैला पटककर झल्लाया-सा दरियाशाह की ओर पीठ करके बैठ जाता है और पीरा थैला रखकर दरियाशाह का बदन दबाते हुए हंसकर बोलता है।]

पीरा : तू बी बाबा! ऐसा अै कै बस मैं तो खाली पीरा ऊं, साह क्यों लगाता है? साह तो तू है।

दरिया : नहीं, शाह तुम हो।

पीरा : साह तो देख तूई है।

दरिया : मैं शाह हूं, तो तुम शहंशाह हो।

पीरा : (**हंसकर**) अरे, त्तेरी! खैर, तेरी मर्जी। मैं ऊं तो मैं ई सई, मुझे क्या अै!

दरिया : कहां-कहां हो आए दोनों भाई?

पीरा : (**हंसकर**) काम ढूंढने गए थे। बारै कोस का फेरा मार दिया। कईं मरम्मत का काम बी नईं मिला।

दरिया : हां, भई! काम का तो मंदा ही है आजकल।

मीरा : (**झल्लाकर**) हम तो तुमें करामाती जब समजें दरिया बाबा! जब तुम हमारे हाथ की तंगी दूर कर दो।

[क़तराशाह नापसंदी से उसकी ओर देखता है और दरिया शाह लाचार से बोलते हैं।]

दरिया : मेरे पास क्या करामात रक्खी है अमीर अली! मैं तो खुद ही तुम लोगों से भीख मांग कर गुज़ारा करता हूं।

मीराः (**चिढ़कर**) गांव वाले किसी फकीर-फुकरे को भीक डालें, तो उसे उनके काम भी तो आना चैये।

पीराः कैसी बात करता अै तू मीरा! अरे, भीक तो वो डालेगा जिसके पास कुछ होगा। तू क्या भीक डालेगा बाबा को?

मीराः (**और चिढ़कर**) तेरे उप्पर भौत म्हेरबानी अै तो तू ई मांग ले काम बाबा से।

पीराः अरे, काम की जग्गै काम मिलेगा कै यां मिलेगा? और जब मिलना होगा, जब मिल जाएगा। (**दरिया से**) क्यों जी बाबा! ठीक कई कै नईं?

दरिया : पीरशाह! काम तो हम तुम्हें दे दें। मगर तुम तो पैसे भी मांगोगे?

पीरा : (**हंसकर**) अरे, त्तेरी! काम करूंगा, तो पैसे मांगूंगा ई। ये क्या बात कई तेंने? पर खैर, तुस्से आधे ई ले लूंगा। तू काम बता क्या अै?

दरिया : इस मेरे तकिए की दीवारें खड़ी कर दो। तुम अपनी समझ से यहां कोई ऐसी तामीर कर दो कि मुसाफ़िरों को मेहपानी से पनाह मिले। बड़ा सवाब होगा।

[पीरा उठकर चारों ओर नज़र डालता है। मीरा और क़तरा दोनों ही दरियाशाह के प्रस्ताव और पीरा की गतिविधि को चकित होकर देखने लगते हैं।]

पीराः (**फ़िक्रमंद-सा**) अजी ये तो मुज इकल्ले का काम नईं अै बाबा! मैं आधी मजूरी लेलूंगा। समजो जात वालों को बी आधी पै मना लूं; पर माल-पानी के लियों बी तो जमा उठेगी। बड़ा काम है।

दरियाः हां-हां, जमा तो उठेगी ही।

[दरियाशाह के और कुछ कहने से पटिले ही पृष्ठभूमि का प्रकाश सूर्यास्त का प्रभाव देता हुआ मंद हुआ, तो कतरा, पीरा और मीरा उस ओर देखने लगते हैं। इसी अवकाश में दरियाशाह अपनी चटाई के नीचे से रुपयों की एक पोटली निकाल कर हाथ में उछालते हैं। झमाका सुनकर तीनों उनकी ओर देखते हैं।]

दरिया : लो-वो, पीरशाह! इसमें से मोल-पानी भी ले आना और मज़दूरी भी-लेना, फिर देखा जाएगा। जाओ, दिन छिप गया, बस घर तक पहुंचते-पहुंचते रात हो जायेगी।

[पोटली कमर में बांधकर औज़ारों का थैला उठाते हुए]

पीरा : सलाम बाबा! (**मीरा से**) चल भई, भाईजान!

[पोटली की उलझन में पड़ा हुआ मीरा नहीं उठा, तो उसे पकड़कर उठाते हुए हंसकर पीरा कहता है।]

पीरा: अब चलता क्यों नईं? के रोटी बी बाबा से ई मांगेगा?

[दोनों आये रास्ते से वापिस चले जाते हैं। दरिया व क़तरा सिलहूत-से में बैठे रह जाते हैं। आंखें मूंदे बैठे हुए दरियाशाह से क़तरा कहता है।]

क़तरा : इस तरह किसी के हाथों में अपनी रक़म थमा देना, तो वाजिब न हुआ।

दरिया : (**चौंक कर**) क्या? रक़म क्या?

क़तरा : हुज़ूर! किसी फ़िक्र में हैं?

दरिया : हां, मैं इस फ़िक्र में हूं कि मैंने जो तुम्हें बातें बतलायीं, वो तुम समझे या नहीं?

क़तरा : हक़ीक़त यह है कि मैं नहीं समझा।

दरिया : समझना चाहते हो?

क़तरा: इनायत होगी।

[दरिया शाह उठने लगते हैं। साथ क़तरा भी।]

दरिया : अच्छा तो शाहज़ादे ख़बरदार! वायदा करो कि नफ़े और नुक़सान में तुम्हारी मिरिकत न हो!

क़तरा : इरशाद

दरिया: मुरव्वत और अदावत से तुम्हारा ज़मीर पाक रहे !

क़तरा : तामील करूंगा।

दरिया : नज़ारे का रंग तुम्हारी नज़र पर न चढ़ने पाये।

क़तरा : इन्शाहअल्ला।

दरिया : चलो, तो ज़रा सैर कर आयें। (**पुकार कर**) अलख अल्लाह !

[दोनों पीछे की सीढ़ियों से उतरकर चले जाते हैं। प्रकाश बंद होकर अंधेरा छा जाता है।

पीरा का घर

[एक ढिबरी जली हुई है। उतना ही प्रकाश होता है। पीरा उल्टे तवे पर रोटी सेंक रहा है। गुन-गुना रहा है : न कोई दोस्त न कोई यार, दुस्मन सारा सदर बजार। बार-बार यही पंक्ति दोहराता है। मीरा एक ओर विचार मग्न बैठा हुक्का पी रहा है। दो-एक दम मार कर।]

मीरा : क्यों भई पीरा ! इस फकीर के पास रक्कम कां से आ गई ?

पीरा : (**हंसकर**) तुजे इससे क्या ?

मीरा : एक बात कई।

पीरा : आई होगी कईं से। तू काम कर और मजूरी ले।

मीरा : पान सेर पक्के की तो होगी पोटली ?

पीरा : हो बी, ना बी हो। जादें बी हो, कमती बी हो।

[बाहर से अलीजान की आवाज़ आती है।]

अलीजान : अड़े भई मीड़ा ! मियां अमीड़ अली !

मीरा : (**नाक मारकर**) आगया बक्काल का !

[अलीजान आता है।]

मीरा : वालेकम अलीजान भाई ! आओ, बैठो।

अलीजान : (**खड़े-खड़े हो**) आज तो कमाई कड़ कै लाये होगे मिस्तड़ी जी ! लाओं, कुछ तो उताड़ दो अलीजान पंसाड़ी का भी।

मीरा : (**चिढ़चिड़ाकर**) अरे, काय की कमाई ? बारै कोस के चक्कर में जूतियों की जोड़ी और घिस गई सुसरी !

अलीजान : अब तुम जूतियों-टोपियों की तो अलीजान के सिड़ पै उड़ाओ मत। साड़े बाड़ै नईं सई, कुछ तो उताड़ो इत्ती बड़ी ड़कम में से।

मीरा : उतारें कां से? एक दमड़ी की मजूरी नईं हुई अलीजान भाई !

अलीजान : (**उखड़कर**) सुनले मीड़ा ! कान खोल के ! जब तक साड़े बाडै के खाते में उताड़ना सुड़ू, नईं कड़ेगा, तब तक एक चिलम भी गांजा नईं मिलेगा अलीजान की दुकान से। तू जाने तेड़ा काम जाने।

[पांव पटकता हुआ चला जाता है।]

मीरा : साला ! मक्खीचूस ! हाजी का पोता! पंसारी का बच्चा ! काफर कईं का !

पीरा : (**हंसकर**) गाली क्यों दे रा अै ? जिसका चैये वो मांगेगा नईं ?

मीरा : (**खुशामद से**) यार पारा ! उस पोटली में से तू हमें पंद्रै रुपिये दे दे, तो हम इस तोतले की नाक पै साड़े बारै मार दें।

पीरा : (**आश्चर्य से**) पोटली में से ?

मीरा : हां।

पीरा : उंहु, उसमें से नईं दूंगा।

मीरा : (**नाराज**) क्यों ?

पीरा : वो दूसरे की अै।

मीरा : अरे, सई में दे दे ठेकेदार ! मजूरी में से काट लीजो।

पीरा : नईं, काट-फांट कुछ नईं।

मीरा : भाई नईं अै तू हमारा ? छोटा ?

पीरा : (**हंसकर**) भाई तो हूं ई !

मीरा : (**झांककर**) तो दे दे भाई साहब ! नईं तो दम मारने के बी टोटे हो जायेंगे।

पीरा : देख, मीरा ! वो रक्कम दूसरे की अनामत। तकिये पै काम लगेगा। मजूरी कर और रोजीना ले, फिर उसमें से गांजा पी चाय सुलफा पी। वैसे नईं दूंगा।

[गुस्से में हुक्का पटककर मीरा उठता है।]

मीरा : गरूर दिखाता अै रक्कम का ? हमारी-तेरी बोलचाल बंद आज से।

[तेज़ी से बाहर चला जाता है। पीरा हंसता हुआ पुकार कर।]

पीरा : रोटी तो खा जा मियां ! अरे, गरम रोटी अैं। बिना गांजे के ई स्वाद लगेंगी।

[मीरा नहीं लौटता। उसकी नादानी पर हंसता हुआ पीरा खुद रोटी खाने लगता है। प्रकाश बंद होता है।]

छप्पर

[मंच पर अंधेरा। अंधेरे में ही ढोलक बजने की आवाज़ आती है। एक आदमी एक फूटी-सी जली हुई लालटेन लिए हुए आता है। उतना ही प्रकाश होता है, तब दिखाई देता है कि सरफ़ू और बहुत से राजों की भीड़ के बीच में बूढ़ा बुंदू ढोलक बजा रहा है और मीरा गा रहा है :

अजब सूरत से की बालों में कंघी,
कि बिखरै देख कै हर एक काजी।
खजूरी बांध ली लहराती चोटी,

कि सब अैले नज़र की जान टूटी।
जो टीका माथे पै लगाया,
कमर ने दिल में दाग खाया।
अजी ये कहिए कि कबजे में कजा थी,
जजा थी, वफा थी, दगा थी।

[अचानक पीरा आता है और उसके आते ही मीरा गाना बीच में छोड़कर उठकर चला जाता है। बुंदू नाराज़ होकर पीरा से।]

बुंदू : ये क्या करा बे! खपकानी! चासनी में रेत झोंक दिया उल्लू! बिच में ई कां से टपक पड़ा तू?

पीरा : (**हंसकर**) घर से ई आया उं बुंदू चचा!

बुंदू : अबे, आया तो है; पर तेरे आते ई क्यों चल दिया मीरा!

पीरा : भूका था चचा! रोटी खाने गया होगा। मुजे तो सब भाइयों से काम अै, इस मारै आया उं।

बुंदू : बोल तो, बोलता क्यों नई?

पीराः (**बैठकर**) दरियासाह के तकिए पै मदत लगेगी। साई मैंने ले ली है; पर मजूरी आधी मिलेगी।

सरफ़ू व और

कई : (**एक साथ**) आधी?

पीरा : हां, आधी, नगद।

सरफ़ू : अबे, आधी मजूरी का क्या मतलब?

एक : आधी मजूरी, आधा पेट।

दूसरा : आधा पेट खाली हो, तो चौथाई काम बी कैसे हो?

तीसरा : आधे पेट पै पूरी आंख बंद रैती है।

सरफ़ू : माल कमती बत्ती मिलता-रिलता है। रेती जादै, सिमिंट कम।

एक : ईंट सुसरी सीध में नई बैठती।

तीसरा : कोने गुनिए डोरी में नई आते।

दूसराः फिर बदनामी उप्पर से कारीगर की।

सरफ़ू : आधी के साथी नईं हैं हम।

पीरा : देख, भई सरफ़ू! पेट आधा ई रैगा और आधी मजूरी पै ई पूरी आंख खोलनी पड़ेगी। जो भाई खोल सकता हो, वो हामी भरे, जो नईं खोल सकता हो, उस पै कोई जोर जुलम नईं। (**बुंदू से**) मैंने बाबा से जमात के भरोसे आधी के करार पै साई ली चंचा! अब जमात मुकर जाएगी तो मैं इकला तो उं ई।

[कई एक-दूसरे का मुंह ताकने लगते हैं और कई सरफ़ू के साथ मिलकर एक साथ अपनी-अपनी कहने लगते हैं : 'पागल है ये!' 'खपती है!' 'क्यों ली इन्ने साई?' 'हमसे पूछ के ली?' 'हम नईं करते आधी पै।' शोर के ऊपर आवाज़ चढ़ाकर।]

बुंदू : सुनों बे, हरामियों! बात सुनों! (**सब खामोश होते हैं**।) जो भूका आधी को इंकार करे वो चटोरा। फकीर का काम है, पीरा का ठेका है। सब ठाली पड़े ऐंड रए हैं। ठाली से बेगार भली होती है। (**पीरा से**) करेंगे बे पीरअली! आधी मंजूर है सबको।

पीरा : (**सब से**) बोल दो भैया! सब हाजर-नाजर!

[थोड़े से असमंजस के बाद।]

एक : अब जब बड़े बुजरग ई बोल पड़े, तो कोई क्या बोले?

दूसरा : आधी तो कबूल कल्ली; पर इन्ने जो आके मैफल उखाड़ दी, उसकी क्या सजा?

पीरा : (**हंसकर**) भाई के बल्दे मैं गाऊंगा। और क्या?

एक : गा तो गा!

[पीरा बहुत भदेस सुर में गाता है : 'न कोई दोस्त, न कोई यार, दुस्मन सारा सदर बजार।' सब ज़ोर से हंस पड़ते हैं।]

सरफ़ू : इस तानसेन के नवासे को बस ये एक ई तिल्लाना आता है।

एक : उसकी बी एक ई कड़ी।

[कुछ हंसते हैं।]

बुंदू : गा बे, गा पीरा ! हम बजावेंगे तेरे साथ।

[बूंदू ढोलक बजाने लगता है। तभी कोई लालटेन की बत्ती उकसाने की कोशिश करता है, जिससे लालटेन बुझ जाती है। प्रकाश बंद होता है। अंधेरे में ही ढोलक बजाने की आवाज़ आती रहती है।]

पीरा का घर

[अंधेरा है। दूर से ढोलक बजने की आवाज़ आ रही है। कोठे के अंदर से मीरा हाथ में डोलती हुई ढिबरी लिए जल्दी-जल्दी आता है। मंच पर उतना ही प्रकाश होता है। ढिबरी एक ओर रखकर मीरा कुंडा, तसला, तवा, टोकरा उठा-उठाकर कुछ ढूंढता है और न पाकर आप-ही-आप झल्ला कर।]

मीरा : दगाबाज का बच्चा ! पोटली टेंट में बांधे फिरता है। उप्पर से भाई बनता है !

[बाहर से पीरा की आवाज़ आती है।]

पीरा : मीरा ! मैंने का भाईजान !

[मीरा जल्दी से खाट पर पड़कर कपड़ा सर से ओढ़कर सो जाता है। पीरा आता है।]

पीरा : रोटी खा ली भाईजान ! कूंडे तले धर गया था।

[मीरा खर्राटे भरने लगता है।]

पीरा : (**हंसकर**) खा ली होगी। जबी खर्राटे भर रया है।

[ढिबरी उठाकर कोठे में जाता है। प्रकाश बंद होता है।]

□

तकिया

[पृष्ठभूमि में प्रातःकाल का प्रकाश होता है। मीरा, पीरा, बुंदू, सरफ़ू और सब कारीगर कुदाल-फावड़े और औज़ारों के थैले लिए आते हैं। मीरा सबसे हटकर एक ओर रुका हुआ-सा बैठ जाता है। पीरा इधर-उधर दरियाशाह को देखता है और न पाकर आश्चर्य से बुंदू से कहता है।]

पीरा: चचा! दरियासाह तो है ई नईं यां?।

बुंदू : नईं है, तो आ जाएगा। जरा दम बी तो मार।

[पीरा चिंतित-सा होकर इधर-उधर देखने लगता है। और लोग आपस में बातें करने लगते हैं।]

सरफ़ू : क्या काम लिया है बुद्धू ने!।

एक : किसका काम ले कै आधी मजूरी ठेराई है।

दूसरा : आधी का बी क्या भरोसा इस तरै?

सरफ़ू : खामखा इस भोंदू के फेर में पड़ गए।

[पीरा बेचैन-सा होकर पुकार उठता है।]

पीरा : बाबा हो ऽऽऽ!

बुंदू : (**पुकारकर**) अजी, दरियासाब!

पीरा : बाबा! हो, बाबा ऽऽऽ!

बुंदू : साह जी! हो, साह जी ऽऽऽ!

पीरा : कां गया जने?

बुंदू : और जो नईं आया तो बे?

पीरा : नईं आया तो? (**सोच में पड़कर और फिर अचानक हंसकर**) नईं आया तो नईं सई हमें क्या अै। उन्ने काम सौंपा अै। रकम दी अै। हम करेंगे।

बुंदू : करूं तो बिस्मिल्ला? फोड़ूं भेली?

पीरा: फोड़ो! फोड़ो!

'बिस्मिल्ला की बरक्कत।' कहकर बुंदू भेल फोड़ता है। पीरा

सबको गुड़ बांटता हुआ मीरा के पास आकर उसे गुड़ देने लगता है। मीरा मुंह फेर लेता है। पीरा पुकार कर बुंदू से कहता है।]

पीरा: देखो, चचा! गुड़ नईं ले रया अै मीरा।

बुंदू : (**वहीं से चीखकर**) तबर्रक क्यों नईं लेता कमनसीब के जने?

[मीरा झल्लाकर पीरा के हाथ से गुड़ की डली छीनता हुआ।]

मीरा : गुड़ हम लिए लेते हैं; पर काम नईं करेंगे।

बुंदू : (**चिढ़कर**) बिस्मिल्ला के दिन नाक मत मार करमफोड़! उठके खुदाई लगा।

मीरा : हम कोई बेलदार नईं ऐं, जो खुदाई करें।

[बुंदू गुस्से में तमतमा कर मीरा के पास आकर।]

बुंदू : साले गंजेड़ी! हम बेलदार हैं? ये इत्ते सारे बेलदार हैं, जो आधी मजूरी पै खुदाई-चिनाई करने आए हैं? ये सब कारीगर हैं हरामी के पिल्ले! उठ नईं तो मार-मार के सूअर बना दूंगा अबी।

[मीरा झल्लाकर उठता है और कुदाल उठाकर पीछे की ओर कहीं खोदने को चला जाता है। बुंदू पुकार लगाता है।]

बुंदू : चलो बे! काम लगाओ! पैले धरती सपाट कर दो, फिर बेल मारेंगे।

[सब कुदाल-फावड़े लेकर जहां-तहां खोदने को तैयार होते हैं। बुंदू पुकार लगाता है 'मदत।' मीरा के सिवा सब उसकी आवाज़ का साथ देते हैं। खुदाई होने लगती है। अपनी जगह धड़ाधड़ कुदाल चलाता हुआ मीरा आप-ही-आप बड़बड़ाने लगता है।]

मीरा : साला फकीड्डा! पोटली पागल को पकड़ा दी। जरूरत बी तो देखनी चैए थी किसकी जादे है। धरती में ल्होया भर रखा अै। मजूरी आधी। सुसरा इंसान ई उड़ गया दुनिया जहान से। मर

जाऊंगा खोदते-खोदते !

[अचानक मीरा की कुदाल किसी धातु से टकराकर ठनठनाती है। झुककर आश्चर्य से देखता है और देखकर उत्तेजना से बेहाल होकर कोई और न देखे इसलिए उस जगह औंधा होकर लेट जाता है। तभी पृष्ठभूमि में सूर्यास्त का द्योतक प्रकाश मंद होता है। पीरा पुकार लगाता है।]

पीरा : सांज हो गई। मजूरी ले लो भाइयो !

[सब पीरा की ओर मज़दूरी लेने चलते हैं। इतने में ही मीरा उठकर जल्दी-जल्दी अपनी खोदी हुई जगह को मिट्टी से ढंकता है और उसके ऊपर बैठ जाता है। पीरा पुकार कर कहता है।]

पीरा : मजूरी ले जा भाईजान !

[मीरा उसकी ओर से मुंह फेर लेता है।]

पीरा : (**बुंदू से**) देख लो, चचा ! मजूरी लेने नईं आता अै मीरा।

बुंदू : (**पुकारकर**) मजूरी ले जा कमबखत !

[मीरा तुनककर उठता हुआ बोलता है।]

मीरा : ये खूब रई। काम करवाने की बी सीनाजोरी, आधी मजूरी की बी सीनाजोरी। हमें नईं चैये मजूरी-अजूरी

[कुलांच-सी भरता हुआ मीरा सीढ़ियों से उतर आता है। पीरा हंसकर उठता हुआ।]

पीरा : सारी के लालच में आधी बी छोड़ गया मेरा भाई !

[सब जाते हैं। साथ-ही-साथ मंच पर अंधेरा बढ़ते-बढ़ते पूरा हो जाता है। थोड़ी देर अंधेरा स्थिर होने के बाद दूर से कुछ कुत्तों के भौंकने की आवाज़ आती है, फिर चोर की तरह चौकन्ना मीरा सीढ़ियां चढ़कर आता है और अपनी खोदी हुई जगह पड़ी हुई कुदाल उठाकर धड़ाधड़ खोदने लगता है। बहुत ज़ोर लगाकर ज़मीन से एक भारी-सी देग़ निकालता है, इसी तरह दूसरी निकालता है। अचानक ही पेड़ के ऊपर से-बहुत से पक्षी कर्कश आवाज़ में एक साथ बोल उठते हैं।

मीरा देग़ें उठाकर ले जाने की चिंता से इधर-उधर देखता है। तभी पृष्ठभूमि में सूर्योदय का द्योतक प्रकाश होता देखकर मीरा एकदम घबरा उठता है। इसी समय एक गधे के रेंकने की आवाज़ सुनकर एक देग़ उठा कर बाईं ओर मंच से बाहर चला जाता है। क्षण भर बाद फिर लौटकर दूसरी देग़ भी उठा ले जाता है। पृष्ठभूमि में दिन-चढ़ें का प्रकाश तेज़ होता है और इसके साथ ही पीरा के पीछे-पीछे बुंदू मियां, सरफ़ू और सब कारीगर सीढ़ियों के रास्ते प्रवेश करते हैं। परेशान-सा पीरा ज़ोर-ज़ोर से चारों ओर को पुकारने लगता है।]

पीरा : मीरा! मीरा! मीरा हो मीरा ऽऽ!

बुंदू : अबे क्यों तकिया सिर पै उठाये ले रखा है। आ जायेगा मीरा।

पीरा : (**चिंतित**) आ कां से जायेगा। जब गैप ई हो गया?

बुंदू : गैप को क्या धरती लील गई उसे?

पीरा : लील गई होगी। रात घर में बी नईं था।

बुंदू : अबे कईं दम लगाये पड़ा होगा गंजेड़ी।

पीरा : दम कां से लगाता, उन्ने तो आधी मजूरी बी नईं ली?

सरफ़ू : (**बड़बड़ाता-सा**) आधी पै हलाल होने को तो हम ई हैं, मीरा नई है।

बुंदू : (**चिढ़कर**) तू चुपका रै बे हरामी।

पीरा : (**मीरा की खुदाई की ओर देखता हुआ**) पर अै ये अजगुद की बात कै एक दिन फकीर गैप, एक दिन मीरा गैप।

सरफ़ू : सुसरी भूत-जिन्नात की जगै आधी पै काम ले लिया। [मीरा के खोदे हुए खड्डे को देखते हुए]।

पीरा : ये देखो चचा! कित्ता गैरा गड्ढा खोद दिया बेकूप ने।

बुंदू : (**झल्लाकर**) अबे, भर जायेगा सुसरा गड्ढा-पड्डा। तू ये बात कै तुजे काम लगवाना है कै नईं? तैने इरादा तो तरक नईं

कर दिया है?

पीरा : (**हंसकर**) ये क्या बात कई चचा! ऐसे कैसे इरादा तरक हो जायेगा? मैंने हामी भरी है, बाबा ने रक्कम दी है, काम तो होगा ई।

बुंदू : उठा तो औजार अल्ला का नाम ले कै। (**सबसे**) काम लगाओ बे लौंडो। (**पुकार कर**) मदद।

[सब उसकी आवाज का साथ देते हैं। प्रकाश बंद होता है।]

मंच का अग्रभाग

दांया कोना

[प्रकाश होता है, दरियाशाह ध्यानस्थ बैठे दिखाई देते हैं। क़तराशाह बायें कोने से बहुत तेजी और परेशानी से प्रवेश करता है।]

क़तरा : हुज़ूर! हुज़ूर!

दरिया : (**आंखें खोलकर**) ख़ैरियत?

क़तरा : वो शख्स—आपके पीरशाह का भाई अमीर अली यहीं आकर ठहरा है।

दरिया : तो क्या हुआ? हम भी तो ठहरे हैं। यह तो सराय है।

क़तरा : (**नाराज-सा**) मैंने आपको उस रोज़ वहां क़ब्रिस्तान में भी ख़बरदार किया था कि उसकी हरकतें मशकूक हैं। जरूर उसके गधे पर दौलत लदी हुई थी।

दरिया : (**हंसकर**) मियां! दौलत किसी गधे पर लदी हुई हो या खच्चर पर, हमें क्या है?

क़तरा : (**झुंझलाया-सा**) लेकिन उसके पास दौलत आखिर आई कहां से?

दरिया : हमें क्या मालूम। पीरशाह ने उसे तकिये पर काम दिया होगा। मुमकिन है वहीं खुदाई से निकल पड़ी हो। पुरानी जगह है न वो।

क़तरा : (**ताज्जुब और गुस्से में**) यानी वो शख्स आपकी दौलत लुटा रहा है?

दरिया : हमारे पास दौलत कहां से आई शाहजादे।

कतरा : सरीहन वो आपकी जगह......।

दरिया : क़तरा शाह! तुम शायद वो बात भूल गये, जो मैंने दौलत के बारे में तुम से कही थी?

क़तरा : भूला नहीं हूं हज़रत! आपने फ़रमाया था कि दौलत दरिया का पानी है।

दरिया : दरिया का पानी तो कभी किसी एक की मिल्कियत होता नहीं। यह दौलत तुम्हारी या हमारी कैसे हो गई?

क़तरा : (**चिढ़कर**) न सही; लेकिन वो उस मेमार की भी कैसे हो गई?

दरिया : भई, जैसे दरिया का पानी कभी-कभी बहाव बदल कर नई नई राहों से गुज़र कर जाने लगता है, वैसे ही दौलत भी मुख्तलिफ़ लोगों की तरफ़ बह जाया करती है।

क़तरा : (**झल्लाकर**) यानी इस तुगयानी की बरबादी देखता रहूं चुपचाप?

दरिया : और क्या कर सकते हो। तुम जानना चाहते हो न कि दौलत क्या है?

क़तरा : यह इतनी बेसरोकारी की बात नहीं है मोहतरिम! मैंने सुना है कि इस सराय की मालिक हर्राफ़ा ऐशबेगम बगदार में उस दौलत से कोई इमारत बनवाने का जाल फैला रही है।

दरिया : फैलाने दो मियां! हमें तुम्हें क्या है?

क़तरा : हुजूर! तामीर पूरी होने के रोज़ औलाद होने की पेशीनगोई के फंदे में फांस कर वो उस बेवकूफ़ आदमी को अपनी बेटी रौनक

के निकाह का लालच दे रही है। वो मिस्त्री सौदागर बना बैठा है और वो उससे दौलत लूट रही है, सिजदे करा रही है।

दरिया : (**हंसकर**) यानी तुम दौलत के दरिया का बहाव भी देख आये और औरत का एक पहलू भी?

[क़तराशाह इस बात से चौकन्ना होता है। दरिया-शाह हंसकर कहते हैं।]

दरिया : मैं यह समझा कि इसमें तुम्हारी परेशानी की वजह क्या है?

[क़तरा निरुत्तर खड़ा रह जाता है।]

दरिया : (**आप-ही-आप**) बहुत मुश्किल है दामन बचाये रहना! आदमी कितनी आसानी से सफ़र की शर्तें भूल जाता है।

[क़तरा शर्मिंदा-सा होकर सर झुका लेता है।]

दरिया : यह जगह शायद तुम्हें रास नहीं आ रही है। चलो, चलें यहां से।

[उठकर मंच के बाईं ओर चले जाते हैं। क़तरा पीछे-पीछे जाता है। प्रकाश बंद होता है।]

□

तकिया

[दिन का प्रकाश होता है। तकिये पर जैसे पुराना सब-कुछ टूट चुका है। दो-दो हाथ दीवारें कहीं-कहीं उठ गई है। बची-खुची कुछ ईंटें और रेती इधर-उधर पड़ी है। पीरा को घेरे हुए सरफ़ू आदि कारीगर खड़े हैं। बुंदू उसके पास बैठा है। दरियाशाह की दी हुई रुपयों की पोटली झाड़ता हुआ पीरा बोलता है।]

पीरा : पोटली खाली हो गई।

बुंदू : फिर अब!

पीरा : फिर तो बस ऐसा मामला है चचा! कै रक्कम तो देख लो सारी बुन्याद और दो हात भींत खा गई। दरिया बाबा आया नईं।

माल थोड़ा-सा पड़ा है; पर दाम आधी। मजूरी के लिये बी नईं हैं। अब बिना मजूरी काम करना पड़ेगा।

[सब एक साथ बोल पड़ते हैं : 'बिना मजूरी?' 'फोकट में?' 'क्या बक रया है ये!' 'भेजा फिर गया इसका।' एक के बाद एक तकिया छोड़कर चले जाते हैं।]

सरफ़ू : रोटी की जगै क्या तेरा कलेजा खायेंगे सब के सब?

बुंदू : अब भई यह बात तो इस हरामी की बेजा नईं है पीरा! आधी में तो गुजारा कर लिया। एकदम साप-सपाट कैसे करेंगे?

सरफ़ू : **(ताना मारकर)** जिनमें आधी ठेरवाई थी कोई साप-सपाट बी कल्लेंगे। हम से नईं होगा।

[चला जाता है। पीरा और बुंदू बैठे रह जाते हैं, फिर उठता हुआ बुंदू कहता है।]

बुंदू : अब क्यों बैठा है?

पीरा : सोच कर रया ऊं।

बुंदू : क्या?

पीरा : येई कै दरिया बाबा कईं जाता तो है नईं इस तरै!

बुंदू : फकीर का क्या भरोसा भई। मस्त-अलस्त आदमी। जोरु न जाता। जब जिधर को मौज आई, चल दिया। चल तू आजा।

[चला जाता है। अकेला पीरा-विचार मग्न-सा बैठा रह जाता है। ज़रा देर बाद अचानक हंस पड़ता है। उठता है और इधर-उधर देख कर आप-ही-आप कहता है।]

पीरा : काम अधबिच में रै गया। रै गया, मुजे क्या अै। मैंने तो पाई-पाई लगा दी। कै दूंगा फकीर से माल अै जब तलक कोई नईं तो इकल्ला ई करूंगा और क्या।

[नेपथ्य से एक गाने की आवाज आती है।]

चल अकेला, चल अकेला, चल अकेला रे।
ठहर गया तो हो जाऐगा बात का धेला रै।

तेरे हाथ इमान की डोरी, डोरी में सब खेला रे।
तुझ बिन तेरा यार अकेला,
तू नहीं आप अकेला रे।
चल अकेला, चल अकेला, चल अकेला रे।

[इसी गाने पर पीरा (**माइम में**) इधर-उधर बिखरी हुई ईंटों की धाँग लगाने लगता है। गाना समाप्त होने तक यह काम करके थक कर एक ओर सो जाता है। बहुत दूर से एक चील के बोलने की आवाज़ आती है। इसके साथ ही सूर्य के दिशा बदलने की तरह प्रकाश में परिवर्तन होता है और तभी दरियाशाह व क़तराशाह सीढ़ियों से चढ़कर आते हुए दिखाई देते हैं। क़तरा जहा-तहां की चिनाई देखने लगता है और दरियाशाह अपनी जगह बैठकर पुकारते हैं— 'अलख अल्लाह !' पीरा चौंककर उठता है और दरियाशाह को देखते ही झपट कर उनके पास जाता हुआ कहता है।]

पीरा : अरे त्तेरा भला हो जाये ! तू तो बाबा बड़ा बेढ़ब आदमी है।

दरिया : (**हंसकर**) क्यों भला ? यह क्या बात पीरशाह !

पीरा : अरे, तू तो हमें फंसा कै ई चल दिया।

दरिया : (**माफ़ी मांगने की तरह**) भई, हम ज़रा सैर करने चले गये थे पीरशाह !

पीरा : खैर, अब आ ई गया, तो देखले आपी, काम अधबिच में पड़ा है।

दरिया : (**देखकर**) हां, भई, पड़ा तो है।

पीरा : माल-पानी मंगाया। आधी मजूरी आप ली। आधी-आधी औरों की दी। एक दिन की आधी मीरा की अै। वो उन्ने ली नईं। धरी अै। फिर, तेरे पैसे खतम हो गये।

दरिया : अरे, पैसे तो ख़त्म हो ही जाते। पैसों का क्या है ? तुम कुछ नई बात सुनाओ।

पीरा : नई बात तो बस ये अै कै मीरा गैप अै उसी दिन से। जिद्दिन से तू गैप हुआ है। कईं पता नईं लगता। हम भीतर ई भीतर भौत

रंज मान रये अैं उसका।

दरिया : आ जाएगा। वो भी कहीं सैर करने चला गया होगा। सब तुम्हारी तरह थोड़े ही हैं। और?...

पीरा : (**सोचकर**) और? (**हंसकर**) और ये के भट्टे -ईंट-रोड़ी लाने से में गया एक दिन किकरौली। वां मिल गया वो जुलाहा।

दरिया : कौन नूर मुहम्मद?

पीरा : हां, वोई।

दरिया : वही न, जिसकी लड़की से तुम्हारा रिश्ता ठहरा हुआ है?

पीरा : वोई, वोई।

दरिया : फिर?

पीरा : (**हंसकर**) मुस्से बोला, लठियामार के तेरा खोपड़ा फोड़ दूंगा।

दरिया : क्यों?

पीरा : अरे, वोई सादी-अबादी की बात।

दरिया : भई, नाराजगी उसकी सच्ची है पीरशाह! अब तुम्हें शादी कर लेनी चाहिये।

पीरा : तू बी बाबा! नाअकली की बात करता है।

दरिया : वो कैसे?

पीरा : अरे, ना तो भाई का पता। ना काम धाम, ना रुपिये। कर कैसे लूं?

दरिया : रुपये? (**क़तरा की ओर**) सुनना मियां! पीर अली की बात सुनना ज़रा (**पीरा से**) रुपये तो पीरशाह थे तुम्हारे पास।

पीरा : वो तो बाबा तेरे थे। मेरी तो आधी मजूरी थी। उसमें रोटी खाता के सादी करता?

क़तरा : वाह

पीरा : वा क्या?

दरिया : तो काम की ही बात है, तो काम तो है तुम्हारे पास।

पीरा : अरे, काम तो है; पर रुपिये कां अैं? (**पोटली का कपड़ा**

सामने पटक कर) ये ले अपनी पोटली का कपड़ा। माल कुछ थोड़ा-सा पड़ा है। देख ले अपनी आंख से।

दरिया : अरे, तो माल और ले आना भले आदमी! माल की कमी है। क्या?

[दरिया शाह घुटने के नीचे, से रुपयों की वैसी ही एक पोटली निकालता है। क़तरा बहुत ग़ौर से देखने लगता है। पोटली पीरा को देते हुए दरियाशाह कहता है।]

दरिया : ये लो रुपये।

पीरा : (**पोटली लेकर**) अब फिर तो कईं नईं चला जायेगा सहल करने?

दरिया : चले जायेंगे तो क्या है? यहां तो तुम हो ही।

पीरा : अरे, मैं तो हूं ई पर तू बी होता।

दरिया : ये मैं तू क्या पीरशाह! जो तुम हो, सौ मैं हूं। यहां की सब ज़िम्मेदारी तुम्हारी। तुम चौकीदार हो यहां के। हम जाते हैं।

[उठते हैं।]

पीरा : (**उठता हुआ**) तू तो आते ई चल दिया?

दरिया : (**हंसकर**) अब यहां का तो तमने सब तोड़-फोड़ डाला। रहें भी कहां। कुछ बना-बनूं लो, तो आ जायेंगे।

[पोटली कमर में बांधते हुए पीरा बोलता है।]

पीरा : जने कब आओ?

दरिया : जब तुम चाहोगे, तभी आ जायेंगे। मगर तुम पहचान भी लोगे हमें?

पीरा : (**जोर से हंसता हुआ**) तू तो बिल्कुल ई बावला है। पछानेंगे क्यों नईं?

[दरियाशाह हंसते हुए रास्ता छोड़कर मंच के बाईं ओर की पगंडडी से जाने लगते हैं। पीछे-पीछे क़तरा भी है। पुकार कर पीरा कहता है।]

पीरा : उधर को कां चल दिया रस्ता छोड़ के?

दरिया : इधर से जरा जल्दी निकल जायेंगे।

पीरा : चल, तो मैं छोड़ियाऊं थोड़ी दूर तक।

[पीरा भी जाता है। कुछ क्षण मंच के ख़ाली रहने के बाद अचानक कुछ कौवों के लड़ने की तरह कांव-कांव सुनाई देती है और उसके साथ-ही-साथ सीढ़ियों से ठाठदार पर भद्दे लिबास में मीरा, रौनक को सहारा दिये ऊपर आता हुआ दिखता है। उनके पीछे कंधे पर सारंगी लटकाये हुए अल्लाबंदा और कपड़े में बांधी तबले की जोड़ी उठाये हुए ज़नखानुमा चाल से सबरंग खां आते हैं। गर्मी और सफ़र के धूल-धक्कड़ से मीरा के सिवा सब बेहाल हैं। सीढियां चढ़ती हुई रौनक तंग होकर मीरा से बोलती है।]

रौनक़ : ऐ सौदागर! ये तुम हमें सीधे जिन्नातों के बालाखाने में चढ़ा लाये क्या?

मीरा : तुमने ई तो कई थी कै ह्यां दम लै कै बढ़ेंगे बगदार को।

रौनक़ : कहते भी नहीं? पसीने में रेत चिपक के रानें तक रेगमाल हो गईं हमारी।

सबरंग : दूल्हा भाई तो इमान से रेगिस्तानी वो हैं रौनक! पर हमने तो जिन्दगी में कभी रेत का ज़र्रा भी नहीं देखा। चचा अल्ला-बंदे से पूछ लो चाहे।

अल्लाबंदा : सबरंग मियां! एक दफ़ा हम जैसलमीर गये थे। कसम से सरंगी में इतना रेत भर गया था कि ऊंट मंगवाना पड़ा था उठाने को।

[बोलते-बोलते सब मंच पर सामने की ओर आ जाते हैं। रौनक़ चारों और देखकर सबसे कहती है।]

रौनक़ : हये! यहां आकर ज़ी ठंडा हुआ जरा।

अल्लाबंदा : **(इधर-उधर देखते हुए)** कसम से बगदार के मुहाने पर इसे नख़लिस्तान कहिये।

सबरंग : **(एक जगह देखकर)** इमान से! यहां तो पानी का चश्मा भी है।

रौनक़ : (**शौक़ स**) ऐ, ये क्या जगह है सौदागर!

मीरा : (**खुश**) अजी, ये वो जग्गै है रौनक बैगम्म! जहां हमें अग्गाज आई थी कि ओ अमीर अली तू परदेस जा और सौदागरी कर।

सबरंग : (**उछलकर**) इमान से?

अल्लाबंदा : (**चकित**) कसम से?

रौनक़ : ऐ, तब तो ये बड़ी मुबारिक जगह है।

(**अल्लाबंदे से**) चचा! वो जश्नशाह की पेशीन गोई यहीं के लिये ही तो नहीं थी?

अल्लाबंदा : कसम से जरूर यहीं के लिये थी।

सबरंग : इमान से! उन्होंने तो नक्शा खींच दिया था यहां का।

रौनक़ : (**लाड़ में मीरा से**) तब तो हम यहीं रौनक़ महल बनवायेंगे मियां जी!

मीरा : (**धक्का-सा खाकर**) ह्यां?

रौनक़ : क्यों? क्या हुआ? यह जगह आपकी नहीं है?

मीरा : (**घबराकर**) नई-नई, हां, क्यों? हमारी क्यों नई होती? ह्यां सबकुछ अपना ई अै बेगम!

रौनक़ : बस, तो हो गया फ़ैसला।

[तभी बाईं ओर से पीरा आता है और सब की ओर अचरज से देखकर मीरा को पहचानता हैं और खुशी से पुकार उठता है।]

पीरा : कौन मीरा!

[झपट कर मीरा से लिपटता हुआ बोलता है।]

पीरा : अरे, तू कां चला गया था भाईजान! तैं ने तो हमारी नींद ई हराम कर दी।

[दोनों को बगलगीर होते देखकर तीनों आपस में खुसर-पुसर करने लगते हैं।]

सबरंग : यह कौन है?

अल्लाबंदा : भिकारी-सा लगता है। भाईजान कह रहा है उन्हें।

रौनक़ : (**नफरत से**) मियां की ज़ात औक़ात न जाने क्या है?

[पीरा को उनके पास लाकर मीरा बहुत खुश होकर बोलता है।]

मीरा : देखो जी, ये हमारा भाई अै मांजाया। (**पीरा से**) पीरा! हमने सादी कल्ली अै। ये तेरी भाबी जान अैं।

पीरा : (**रौनक को घूरता हुआ**) बड़ीगु लफामनी लुगाई लाया भई। भाबीजान हमें भौत बढ़िया लगी तू।

रौनक़ : (**एक दम चिढ़कर मीरा से**) कह दो, तमीज से बात करे हम से।

[तेजी से सीढ़ियों की ओर जाती है। मीरा पुकार कर कहता है।]

मीरा : अजी, करेगा-करेगा। हम समजा देंगे और पीरा! ये बुजरग हमारी बेगम के चचा हैं अल्लाबंदे।

पीरा : मतबल हमारा सुसर?

अल्लाबंदा : (**तुनककर**) कसम से क्या बदजुबानी है।

[रौनक़ के पीछे जाता है।]

मीरा : और ये सबरंग खां साब हमारे साले हैं।

पीरा : फिर तो ये हमारा बी साला ई लगा।

सबरंग : (**एक दम घूमता हुआ**) इमान से! लाहौल बला...

[चला जाता है।]

पीरा : (**आश्चर्य से**) ये चले कां गये?

मीरा : (**अकड़कर**) अबे, हमारी सिकरम खड़ी है नीचे।

पीरा : (**बहुत आश्चर्य से**) अच्छा? मीरा तेरे कपड़े बी बड़े बढ़िया अैं। जिसे बया के लाया अै, वो बी आनबान वाली है। सिकरम में तू चढ़ के आया है। क्या जादू अै भई ये।

मीरा : जादू क्या होता पगले! परदेस में जा के हमने सौदागरी करी। मालदार हो गये।

पीरा : बज्जी कुदरत अै।

मीरा : अब हमें खाली मीरा कदी मत कैना। नईं तो वो बुरा मानेंगी।

पीरा : और क्या कउं? कौन है तू?

मीरा : अमीरअली सौदागर।

पीरा : (**अजीब तरह हंसकर**) सौदागर?—ये तो बड़े मजे की बात है।—सौदागर।—अच्छा, मुजे क्या अै, सौदागर सई।

मीरा : चल जल्दी, सवारियां खड़ी हैं नीचे।

[दोनों जल्दी-जल्दी सीढ़ियों की ओर जाते हैं। प्रकाश बंद होता है।]

□

पीरा का घर

[दिन ढले का प्रकाश होता है। रौनक़ के साथ आया हुआ कुछ फ़ैन्सी-सा सामान, जैसे संदूक़ होल्डाल, हुक्का, मुंह देखने का शीशा, तस्वीरें, सिंगारदान वग़ैरा घर के आंगन में रखा है। सारंगी, तबला हाथों में लिये हुए ही अल्लाबंदा, सबरंगी और रौनक खड़े हुए दुर्दशाग्रस्त घर को मुंह फाड़े देख रहे हैं। घर के बाहर करीमन और कई औरतें व बच्चे उन लोगों की ओर चुपचाप ताक रहें हैं। औरतें आपस में एक दूसरी की ओर 'कौन है ये?' 'कौन आ गयी?' के सूचक इशारे-से करती हैं, तो एक औरत नाचने वाली का पोज लेकर एक ठुमका लगा देती है। सब हंस पड़ती हैं। तभी दायीं ओर से मीरा एक पान-दान व उगालदान लिये हुए आता है और सब की हंसी से झल्ला उठता है।]

मीरा : क्या है भई, क्यों भीड़ लगा रक्खी है? (**करीमन से**) इस रेवड़ को इस बखत घेर के ले जाओं करीमन बी! बेगम साब सफर के मारे हलकान हो रई अैं। (**बच्चों से**) भागो बे, भागो! ह्यां से।

[बच्चे हो-हो करते हुए भागते हैं। औरतें भी इधर-उधर चली जाती हैं। आंगन में खड़ी हुई रौनक़ झल्लाकर कहती है।]

रौनक़ : न मंज़िला है, न छज्जा है। ये मुआ मकान है या तबेला?

सबरंग : इमान से! नहूसत बरस रही है।

अल्लाबंदा : कसम से! हमें तो कालापानी मालूम होता है।

सबरंग : चचा! तुमने तो देखा है न कालापानी?

अल्लाबंदा : ये दूसरी बार देख रहे हैं।

[मीरा अंदर आता है।]

रौनक़ : ऐ सौदागर! ये तुम हमें कहां ले आये? इस कौवों के घोंसले में हम से कैसे रहा जायेगा?

मीरा : (**डरा हुआ-सी**) अजी भौत दिन से खाली पड़ा है, इस मारै—।

[एक टूटी-फूटी-सी लालटेन लिये बाहर से आता हुआ पीरा बोलता है।]

पीरा : अरी, क्यों घबड़ाई जा रही औ भाबीजान! किला-सा घर यां से वां तलक खाली पड़ा औ। सारे में तूई रै टांग फैला के।

[रौनक़ बहुत ग़ुस्से से पीरा की ओर देखती है। सबरंग बोलता है।]

सबरंग : यह दूल्हा मियां के भाई तो इमान से बड़े बत्तमीज़ हैं।

अल्लाबंदा : कसम से! हमें आदत नहीं है तू-तड़ाक की।

रौनक़ : उठना बैठना चौपायों से गया बीता, बोल-चाल है, वो निराली लठमार। अब हम कैसे जियेंगे मेरे अल्ला!

पीरा : (**हंसकर**) अरी, कैसे जीने की क्या बात है? तू...।

रौनक़ : (**भड़क कर मीरा से**) ऐ, तुम इसे चुप नहीं करोगे अपने मां जाये को?

[पानदान, उगालदान रखकर मीरा, पीरा को धकेल कर एक ओर ले जाने लगता है। इसे मज़ाक समझकर हंसता हुआ पीरा बोलता है।]

पीरा : अरे-अरे, क्या कर रया अै तू! चिमनी फूट जायेगी लानटेन की। दूसरे से मांग के लाया ऊं।

[उसे दोनों हाथों से दबोच कर बैठाता हुआ मीरा धीरे से कहता है।]

मीरा : वो नवाब लोग हैं उल्लू! तमीज से बोला कर।

[तभी बाहर से बुंदू मियां की आवाज़ आई : 'पीरा! ओ, पीर अली!...अबे है कै नईं घर मैं? नूरमोम्मद आये हैं। किकरौली से।' मीरा पीरा को छोड़कर लपका हुआ रौनक़ के पास आकर बोलता है।]

मीरा : पर्दा कल्लो बेगम! जात वाले आ रये अ।

रौनक़ : ऐ, लानत है तुम्हारे जात वालों पर! पर्दा कर लो जानवरों से!

[पांव पटकती हुई कोठे के बायें दरवाज़े से अंदर जाती है। पीछे-पीछे मीरा, सबरंग व अल्लाबंदा भी जाते हैं। पीरा उनकी इस हरकत पर आप-ही-आप हंसने लगता है। बुंदू, नूर मुहम्मद व उसका एक साथी अंदर आते हैं। पीरा हंसता हुआ उठकर कहता है।]

पीरा : सलामालेकम!

बंदू : वालेकम के बच्चे! इकेला ई हंस रया अै? (**सामान देखकर**) ये असवाब किसका है भई! बड़े सहरी ठाट का है।

[सब ज़मीन पर ही बैठते हैं। बैठते-बैठते ही पीरा कहता है।]

पीरा : सौदागर का है।

बुंदू : (**आश्चर्य से**) सौदागर कौन बे?

पीरा : हमारा भाई, अमीरअली।

बुंदू : अबे तो मीरा क्यों नईं कैता उसे?

पीरा : ना-ना, ऐसे नईं कैंगे। तुम बी मत कैना कदी। वो सोदागर बन के नबाबजादी को बया के लाया है।

[सब ने एक दूसरे की ओर ताज्जुब से देखा, फिर नूरमुहम्मद

बोलता है।]

नूर मुहम्मद : हूं तो मीरा आ गया?

पीरा : हां, आ गया।

नूर मुहम्मद : (**बुंदू से**) तो अब तो बुंदू मियां! भाई खोने का भी बहाना नईं रया इस पै। अब तो हंसाओ इस बीरबल को!

पीरा : (**हंसकर, आप-ही-आप**) बीरबल!

बुंदू : लो, हंस पड़ा वो आपी।

नूर मुहम्मद : हंस तो पड़ा; पर ये कोई बात का जबाब है क्या?

बुंदू : (**पीरा से**) हंस मत बे! नूरू मियां की बात का जबाब दे।

[पीरा चुप बैठा रहा। सब उसकी ओर देखने लगे। बुंदू ज़ोर से कहता है।]

बुंदू : बोलता क्यों नईं गूंगे की औलाद!

पीरा : चचा! इनसे ये कओ कै जहां इत्ते दिन टिके अैं, वहां थोड़े दिन और टिके रैं।

बुंदू : (**नूरू से**) सुना जी नूर मुहम्मद!

नूर मुहम्मद : तो जोड़ ये लिंकला कि नूर मोहम्मद चित्त पड़े रहें और उनकी लौंडिया अमीना उनकी छाती पै चढ़ी बैठी रहै?

बुंदू : (**पीरा से**) क्यों बे?।

पीरा : (**हंसकर**) खैर जी, ये वया कोई कुस्ती-पकड़ थोड़े ई अै। चचा! भाई तो आ गया; पर हमारे पास बया करने को पैसा नईं अै अबी।

बुंदू : (**नूरू से**) इसका क्या जबाब है जी?

नूर मुहम्मद : (**एकदम भड़ककर**) इसका जबाब ये है कि धिकेले देता हूं लौंडिया को कूंएं में। फांसी हो जाएगी और क्या?

[बहुत तेज़ी से नूर मुहम्मद बाहर की ओर लपकता है। बात की सचाई महसूस करके पीरा अचानक ही छलांग मार कर नूरू को जा धरता है। बुंदू और नूरू का साथी नूरू को पुकार-पुकार कर शोर मचाने लगता है। पीरा की पकड़ से छूटने के

लिए नूरू हाथ-पांव पटकने लगता है। इसी गुत्थम-गुत्था में पीरा की अंटी से छुटकर रुपयों की पोटली झम्म से जमीन पर गिर पड़ती है। नूरू को छोड़कर पीरा लपक कर पोटली उठा लेता है और अंटी में बांधने लगता है। पोटली देखकर ग़ुस्से में भरा हुआ नूरं मुहम्मद लौटकर बुंदू से बोलता है।]

नूर मुहम्मद : देखा, बुंदू मियां! इत्ती बड़ी रुपियों की पोटली बांधे फिरता है और कैता है कि पैसा नईं है इसके पास?

साथी : ये तो साब! बगदार के राजों ने किकरौली के जुलाहों का मूं ई काला करने की बात कर दी।

बुंदू : (**बहुत नाराज, पीरा से**)क्यों बे! गड्डा मियर के बच्चे! पैसे नईं अैं, तो क्या तेरे बाप की हड्डियां हैं, इस पोटली में?

पीरा : (**हंसकर, बैठता हुआ**) चचा! ये दूसरे के अैं। मैं इसमें से खर्च नईं करूंगा। बया नईं, चाए मुर्दा दफन को रुका पड़ा रै।

[सब सकते में आकर एक-दूसरे को देखने लगते हैं। नूर मुहम्मद रो पड़ता है।]

नुर मुहम्मद : इस इमानदार के तलै हम यों दब गए कि हमारी लौंडिया सादी करै तो इससे करै, नईं तो अफीम खा के सो रहै। (**जेब में हाथ डाल कर**) देख लो, हम अपनी डिबिया लुकाए फिरते हैं अमीना से।

बुंदू : ठैरो जी, नूरू मियां! रोओ मत अबी। हम निकालेंगे इसकी तोड़। (**पुकार कर**) मीरा!

पीरा : (**उसके मुंह पर हाथ रखकर**) अमीरअली कओ, सौदागर।

बुंदू : (**उसका हाथ झटक कर**) सौदागर सई! बखत पै गधे को बाप बनाना पड़ता है। (**पुकार कर**) मियां सौदागर साब!

[मीरा कोठे से अकड़ता हुआ बाहर आया, तो बुंदू बोलता है।]

बुंदू : हमारा कैना ये है सौदागर साब! के बड़े भाई हो कै तुम तो कोठे में सौदागरनी से गुलछर्रे उड़ाते रओ और छोटे भाई की

रुपियों के लिए सादी रुकी पड़ी रै, तो तुम कमजात से बी कमजात हो।

मीरा : (**रईसी शान से**) रुपियों के लिए क्यों रुकेगी सादी?

[जेब से नोट निकालता है। इसी वक्त कोठे के दरवाज़े में आकर सबरंग देखता है। मीरा नोट पीरा को देता हुआ कहता है।]

मीरा : ये ले, सौ, दो सै, तीन सै, चार सै। (**बुंदू से**) तुम तैयारी कराओ इसी दम।

नूर मुहम्मद : अल्ला कारसाज है।

[नूरू और साथी खड़े हो जाते हैं। बुंदू व पीरा भी।]

नूर मुहम्मद : बुंदू मियां! तुम ज़ुम्मेवर हो। ठीक ज़ुमरात के दिन इस पागल को दूला बना के ले आना मेरे दरवज्जे पै। चाए खाली लंगोट बांध के लाना पड़ै।

[जाते हैं। बुंदू, पीरा और मीरा भी उन्हें छोड़ने बाहर जाते हैं। उनके जाते ही कोठे के दरवाज़े में खड़ा हुआ सबरंग अंदर को पुकार कर बोलता है।]

सबरंग : मैंने कहा पर्दा छोड़ के ज़रा बाहर आना बानो!

[रौनक़ आती है। पीछे-पीछे अल्लाबंदा भी।]

सबरंग : इमान से! ये तो वो है कि माले मुफ़्त दिले बेरहम!

रौनक़ : खैरियत?

सबरंग : इस तरह तो क्या खबर किस-किस को कित्ती-किती रक़में पकड़ा दिया करेंगे?

रौनक़ : किसको, किसने, क्या पकड़ा दिया, सुनें तो?

सबरंग : इमान से! जुट्टी-की-जुट्टी थमा दी उस जाहिल के हाथ में मियां ने।

अल्लाबंदा : कसम से! मसला गौरतलब है।

[बाहर से आता हुआ मीरा बहुत खुश होकर बोलता है।]

मीरा : अजी, सुना बेगम! सादी है हमारे भाई की।

रौनक़ : (**खुश**) मुबारिक हो मियां जी!

मीरा : अब दोनों जनी एक साथ रैंगी। घर में चिमन हो जाएगा।

रौनक़ : रुपया तो होगा उसके पास शादी के लिए?

मीरा : अजी, उसके पास कां से आया! हमने दिया है।

रौनक़ : कितना?

मीरा : चार सै।

[अचानक रुख़ बदलकर रौनक़ सख्त होकर बोलती है।]

रौनक़ : हम से बिना पूछे किसी को रुपया देने का तुम्हें क्या अखतियार था?

अल्लाबंदा : कसम से! खुद अपनी जौज़ा तक से नहीं पूछा?

सबरंग : यह तो इमान से! हमारी हमशीरा की ज़बरदस्त तौहीन है।

मीरा : (**सिटपिटाकर**) पर वो तो हमने अपने भाई को ई तो दिए अैं।

रौनक़ : भाई-वाई हम नहीं जानते। वापिस लाओ हमारा रुपया।

मीरा : (**परेशान**) बापस।

रौनक़ : हां-हां, बापिस!

मीरा : (**दबा हुआ-सा**) अबी दिये हैं, अबी बापस...?

रौनक़ : कह तो दिया, वापिस लाओ इसी वक्त।

[मीरा एकदम कुछ सोचकर गिड़गिड़ाया-सा बोलता है।]

मीरा : देखो, बेगम! इस तरै से तो तुम हमारा धंदा-रुजगार ई छुटवा दोगी। हम तो उधार देते अैं, मुनापा लेते अैं।

रौनक़ : (**एकदम-बदलकर**) अच्छा? उधार दिए हैं?

मीरा : और नईं तो।

रौनक़ : तो ठीक है। सबरंग भाई! हिसाब रक्खा करो। उधार का। मियां जी को लिखना-पढ़ना नहीं आता है।

सबरंग : हम अभी एक हिसाब-बही लाते हैं कहीं से।

[जाने लगता है।]

अल्लाबंदा : हम बतलाते हैं कैसी चाहिये।

[जाता है। रौनक़ कोठे में जाती है। मीरा उसके पीछे जाना

चाहता है, तभी अन्दर से रौनक़ दरवाज़ा बंद कर लेती है। मीरा खड़ा रह जाता है। प्रकाश बंद होता है।]

□

गली और पीरा का घर

[दाईं ओर की गली से पीरा के घर के बाहर तक दिन ढले का प्रकाश होता है। गली से एक आदमी गले में ताशा लटकाये तड़ातड़ बजाता हुआ सबसे आगे आता है और उसके पीछे किसी से मांगे-तांगे कपड़ों में दूल्हा बना हुआ पीरा, लंबा घूंघट निकाले हुए अपनी नयी बहू को साथ लिये आता है। बहू के साथ करीमन व गांव की औरतें और बच्चे हैं। पीरा के साथ-साथ मीरा, बुंदू व और राज-मिस्त्री भी हैं। जुलूस पीरा के घर की ओर आने लगता है। घर में प्रकाश होता है। तब आंगन में एक खाट पर नंगे सर, शीशा सामने रखे, बाजे-गाजे से बे-सरोकार, कंधे से बाल सुलझाती हुई रौनक़ दिखाई देती है। ज़मीन पर बैठा हुआ अल्लाबंदा सारंगी साफ़ कर रहा है और सबरंग हाथ में झाड़न और तबला लिये खड़ा-खड़ा पांव बदल-बदल कर बाहर की ओर झांक रहा है। जुलूस दरवाज़े पर रुक जाता है। मर्दों की भीड़ इधर-उधर छंटने लगती है। ताशा बंद हो जाता है, तब सबरंग कहता है।]

सबरंग : इमान से! ये तो अपने ही घर का है।

अल्लाबंदा : **(उठता हुआ)** हम तो साज़ संभाल रहे थे, कसम से! ये तो बबाल आ गया।

[करीमन व और कुछ औरतें पीरा व उसकी बहू अमीना को साथ लेकर आंगन में प्रवेश करती हैं। मीरा भी। बाल सुलझाती हुई रौनक़ ने उनकी ओर आंख उठाकर भी नहीं देखा, तो खुशखबरी देने के लिए मीरा रौनक़ के पास जाकर

बोलता है।]

मीरा : बेगम! हमारा भाई ब्या कल्लाया।

[रौनक़ ने ध्यान नहीं दिया, तो खिसियाकर हसता-सा मीरा बोलता है।]

मीरा : दोनों के घर एक साथ अबाद हुए हैं अल्ला के फजल से!

[रौनक़ ने फिर भी नहीं सुना, तो अमीना का पल्ला पकड़ कर उसे खींचकर रौनक़ के पास ले जाकर पीरा कहता है।]

पीरा : देख री अमीना! ये नबाबजादी हमारे भाई की बेगम है। ये बी बिल्कुल नई नकोर आई है। जैसी तू आई है। समजी?

[रौनक़ ने तेवर तानकर पीरा की ओर देखा तो करीमन झल्लाकर उससे बोलती है।]

करीमन : बी! घूर क्या रई है? घर में दुल्हने आई है। मचान से उतर के उसे बिठा तो सई!

[रौनक़ ग़ुस्से से करीमन को देखती है और फिर अचानक हथेली पटका कर उसे अंगूठा दिखाती है। करीमन चिढ़कर बोलती है।]

करीमन : ये कसाबियों की तरें उंगली-अंगूठा किसे दिखा रई है?

रौनक़ : (**तमककर**) कसबी होगी तू! या वो जो दुल्हन बनकर आई है।

[अमीना ने झटके से घूंघट तानकर रौनक़ की ओर देखा और औरतों में 'हये-हये-हये-हये' का शोर मच गया। एक औरत बोलती है।]

एक औरत : ये औरत क्या कै उठी?

दूसरी : मूं है कि मुआ ईंट का भट्टा।

तीसरी : दुल्हन ने घर में कदम बी नई धरा पूरा-सा।

एक : मूं तलक नई उघाड़ा अबी बिचारी ने।

रौनक़ : (**जोर से**) ऐ, वो हमारे पैसे से तो खरीद कर लाई गई है। वो क्या मुंह उघाड़ेगी हमारे सामने!

[अमीना घूंघट में ही, घुटनों में मुंह डालकर, टूटकर बैठ जाती है।]

करीमन : अल्ला ! ये तो कोई कंजर की जनी है।

[रौनक़ तड़ाक से खाट पर खड़ी होकर बोलती है।]

रौनक़ : कंजर की जनी होगी तू ! मैं तो नवाबज़ादी हूं।

अल्लाबंदा : कसम से ! कमाल है।

सबरंग : इमान से ! हद हो गई।

रौनक़ : (**चीख़कर**) सबरंग भाय !

मीरा : (**घबराकर**) अजी बेगम ! गुस्सै मत हो। तुम हमारी तरफ को देखो।

रौनक़ : ऐ, तुम्हारी तरफ क्या देखें ?

पीरा : उसकी तरफ नईं सई, तू हमारी तरफ को देख।

करीमन : (**औरतों से**) अरी, ये तो जने किस-किस की तरफ देखेगी। तुम रसम तो पूरी कल्लो अल्ला की बंदियों ! कंजरी का तमासा तो फिर बी देख लोगी। उठ री, दुल्हन !

[अमीना को पकड़कर उठाती है। सब एक साथ 'बन्नी से बन्ना मजेदार, मेरा हरियाला बन्ना। दुल्हन से दूला मजेदार, मेरा हरियाला बन्ना।' गाती हुई अमीना और पीरा को धकेलती हुई दायें कोठे में ले जाती हैं। गाने की आवाज़ बंद होती है। साथ ही शाम का द्योतक प्रकाश मंद होता है। ग़ुस्से से बेताब होकर सामने के शीशे में लात मारकर रौनक़ बोलती है।]

रौनक़ : लानत है जो यहां रहे।

[खाट से उतरकर बाहर जाने लगती है। उसका हाथ पकड़कर मीरा कहता है।]

मीरा : रौनक़ ! तुमें हमारी कसम अै, जो...।

रौनक़ : (**हाथ छुड़ाकर**) खबरदार ! जो हमें क़सम दिलाई। हम इन ज़ुबानदराज़ों में हरगिज़ नहीं रहेंगे।

मीरा : अजी, वो जिबानदराज अै, तुम तो नईं ओ। भीतर चलो, रात

हो रई अै।

रौनक़ : हमने कह दिया, हम बाहर कूचे में बैठकर रात गुज़ार लेंगे; पर इस घर में नहीं रहेंगे।

[पांव पटकती हुई दरवाज़े से निकलकर गली में जा बैठती है।]

मीरा : (**गिड़गिड़ाकर अल्लाबंदे से**) चचा! उनें भीतर लाओ।

अल्लाबंदा : (**सारंगी उठाकर बाहर जाता हुआ**) कसम से! उनके साथ ज्यादती हुई है।

मीरा : (**सबरंग से**) सबरंग भाई! उनें भीतर को लाओ।

सबरंग : (**बायां तबला भी उठाकर**) इमान से! इन हालात में तो यह नामुमकिन है।

[बाहर जाकर सबरंग भी रौनक़ और अल्लाबंदे के पास जा बैठता है। मीरा बहुत परेशान होकर इधर-उधर एक चक्कर काटकर समझाने के लिये रौनक़ के सामने जाकर बैठ जाता है। प्रकाश बंद होता है।]

□

अलीजान की दुकान

[दुकान बंद है। एक लालटेन जली हुई है। उतना ही प्रकाश होता है। अलीजान 'या पड़वड़ दिगाड़' कहकर चादर ओढ़कर दुकान के पटरे पर लेटता है, तभी मीरा आता है। अलीजान चौंककर उठता हुआ कहता है।]

अलीजान : कौन!—अमीड़ अली?—आओ—आओ, बैठो!

[मीरा चुप रहता है।]

अलीजान : कैई बाड़ सोचा कि अलीजान खुद आपी मिल कै आवै सौदागड़ से, पड़ अपना औड़ भाई का घड़ बसाने में तुमें फुड़सत नईं होगी, इस माड़ै नईं आया। ड्रात में कैसे

तखलीप कड़ी ?

[मीरा चुप रहता है।]

अलीजान : (**धीरे से**) माल आजकल बड़ा सिजल आड़या अै । सीधा नैपाल के मुलक से।

मीरा : माल तो खैर चैये ई गा; पर इस बखत हम और काम से आये हैं।

अलीजान : बोलो-बोलो ! अलीजान तो याड़ों का याड़ अै। याड़ों से क्या पड़दा ?

मीरा : अब हम तुमारे दुमंजले में रैंगें।

अलीजान : (**चौंककर**) दोनों भाई ?

मीरा : नईं, हम और हमारे रिस्तेवाले।

अलीजान : बड़ी खुसी की बात है। ड़ओ। भाड़ा ठैड़ा लो।

मीरा : (**झुंझलाकर**) ठैरता रैगा भाड़ा सुसरा ! जो कौगे सो दे देंगे।

अलीजान : अलीजान पंसाड़ी ऐसा बेपाड़ कड़ता तो नईं अै; पड़ खैड़ तुम कल ठेड़ा लेना।

मीरा : चाबी लिकालो जल्दी से। वां बेगम धूल में लोट रई अैं।

अलीजान : लो, तो ये लो।

[जेब से चाबी निकाल कर देता है।]

मीरा : हमारे किसी रिस्तेदार से मत कैना कि दुमंजला सौदागर के घर का नईं अै।

अलीजान : (**हंसकर**) जब है ई सौदागड़ का तो अलीजान कैसे कै देगा ?

मीरा : एक बात और अै।

अलीजान : क्या ?

मीरा : (**धीरे से**) हमारे पास रुपिया नगद नईं अै। असरपी भुनवानी पड़ेंगी सोने की।

अलीजान : (**उछलकर**) असरपी?—डांक बैठानी पड़ेगी दिल्ली तक। कटौती देनी पड़ेगी।

मीरा : (उठता हुआ) काट लीजो यार! जो लगै सो।

अलीजान : साड़े बाड़ै की फिकड़ मत कड़ना, उचंती में टांक दिये हैं।

मीरा : ऐसी-तैसी तेरे साड़े बाड़े की।

[जाता है। अलीजान उसकी ओर लपलपाया-सा देखता रहता है और फिर 'या पड़वड़दिगाड़' कहकर लेट जाता है।]

□

पीरा का घर और दुमंज़िला

[रात का क्षीण प्रकाश। मीरा घर के दरवाज़े पर आकर रौनक़ का हाथ थामकर दुमंज़िले की ओर चलता है। तबला, सारंगी लिए हुए अल्लाबंदा और सबरंग भी पीछे-पीछे चलते हैं। घर के कोठे से पीरा निकलकर दरवाज़े में आता है और बहुत उदासी से जाते हुए मीरा को देखता रहता है। मीरा वगैरा सीढ़ियां चढ़कर दुमंज़िले में ऊपर पहुंचते हैं। सबरंग और अल्लाबंदा बाहर पड़े हुए तख्त पर बैठते हैं। घर के कोठे से अमीना बाहर आती है और दुमंज़िले की ओर देखते हुए पीरा को पीछे से ही खींचकर कोठे में ले जाती है। रौनक़ दुमंज़िले के कमरे में जाती है। मीरा उसके पीछे अंदर जाने को होता है, तभी रौनक़ अंदर से दरवाज़ा बंद कर लेती है। यह सभी घटनाएं एक समय साथ-साथ घटित होती हैं। दरवाज़ा बंद होते ही अल्लाबंदा ज़ोर की जंभाई लेकर पुकार उठता है।]

अल्लाबंदा : या अल्ला! माफ़ कर खता! मैं तेरा गुनहगार बंदा हूं।

[लेट जाता है। मंच का सारा प्रकाश बंद होता है।]

□

पीरा का घर

[प्रातःकाल का प्रकाश होता है। अमीना हुक्क़ा ताज़ा करती हुई गुनगुना रही है :

इस दम तो मियां हम तुम इस ऐश की ठहरावें,
भर-भर के रंग-रंग की पिचकारियां चमकावें।
तन-मन को भिगो डालें और ढंग कई लावें,
भीगे हुए कपड़ों से आपस में लिपट जावें।

पीरा कोठे से आकर दीवार के सहारे बैठकर ऊंघने लगता है। अमीना उसे देख कर मुस्कराकर कहती है।]

अमीना : मिस्तरी!

[पीरा नहीं सुनता।]

अमीना : मिस्तरी जी!

[पीरा नहीं सुनता तो अमीना उसे दोनों हाथों से हिलाकर कहती है।]

अमीना : मैंने का हीरा मिस्तरी!

पीरा : (**नींद में**) अरी, तू अब तो सो लेन दे हमें।

अमीना : (**शर्माकर**) हाय अल्ला! रातभर कौन-सी खेती रखाते रये तुम?

पीरा : अरी, खेती क्या चीज अै हमारे खजाने के अगाड़ी?

अमीना : (**जान बूझकर**) खजाना कां पा गया?

पीरा : किकरौली में।

[गुदगुदाई-सी अमीना हुक्क़े पर चिलम रखकर, नलकी उसके मुंह से लगाकर बोलती है।]

अमीना : लो, हुक्क़ा पी लो!

पीरा : (**दम मारकर**) वाव्वा! वाव्वा!

अमीना : रात क्या डर के मारै नींद नईं आई कै और कुछ?

पीरा : (**उदास**) अरी रातभर कल्ल वाली चों-चों होती रई हमारे कान

में। वो जो रातों-रात उठ के लिकल गई। ये कोई बात हुई ?

अमीना : (**तनकर**) हमने लिकाली अै ?

पीरा : तैंने तो नईं लिकाली पर...।

अमीना : वो हमसे माफी मांग ले अपनी बात की।

पीरा : गरूर छोड़ कै तू ई उससे माफी मांग ले तो कैसी रै ?

अमीना : ये बात उससे कओ, जिसे गरूर हो।

पीरा : जिसे गरूर हो उससे क्यों कैं ?

अमीना : तो जिसका कसूर नईं अै, उससे बी मत कओ।

पीरा : (**हंसकर**) औरत बी हमें ऐसी मिल गई अै कै बस, जिरैबाज की खाला।

अमीना : एक बात पुछूं ?

पीरा : क्या ?

अमीना : उस नबाबजादी ने उसके पैसे से खरीद के लाने का ताना हमारी छाती में क्यों मारा ?

पीरा : (**हंसकर**) तू बी बस, अरी मजाखिया सुभाव की है वो (**उठ कर कुर्ता पहनता हुआ**) तेरे लिए तो पैसे हमें हमारे भाई ने दिए हैं।

अमीना : (**चौकन्नी**) भाई ने ?

पीरा : हां।

अमीना : मियां ! वो तुमारा भाई जोरू का गुलाम है। भाई के दिए लुगाई असूल करेगी तुमसे। पत्थर की लकचीर समज लेना मेरी बात को।

पीरा : अरी, वो मांगेगी, तो उसे दे देंगे खाते-कमाते।

अमीना : देने ई हैं, तो देते क्यों नईं ? रुपिया तो है तुमारे पास।

पीरा : (**चौंक कर**) तुजे क्या खबर ?

अमीना : घड़ी भर को पोटली नईं खोली तुमने कमर में से। मिजे **कोई खबर नईं होगी ?**

पीरा : (**खिलखिला कर हंसता हुआ**) अरे, तेरा भला हो जाए !

अमीना बेगम ! तू तो बड़ी जालम लिकली।

अमीना : हंसों मत मिस्तरी ! |

पीरा : (**हंसता हुआ**) तेरा बाप इस पोटली के मारै तुजे कूंए में धिकेल रया था, तू हमें धिकेल रई अै।

अमीना : (**झुंझलाकर**) मैं धिकेल रई ऊं, कै लिकाल रई ऊं?

पीरा : (**समझकर**) देख, अमीना ! ये रुपए दूसरे के अैं। उन्ने अपने काम के वास्ते दिए अैं। तकिए पै काम लगाना अै फिर से। सब भाइयों की आधी मजूरी अै। माल-ताल का जुगाड़ करना अै। इसमें से मैं किसी को कौड़ी देने वाला नईं ऊं। चाए भाई मांगे चाए उसकी लुगाई, समजी ?

अमीना : (**जरा सोचकर**) लाओ, मैं रख लूं पोटली।

पीरा : ना, ये बात नईं होगी।

अमीना : (**चिढ़कर**) नईं दोगे ?

पीरा : (**हंसकर**) ना !

अमीना : देखूं, कैसे नईं दोगे।

[अमीना झपटकर आगे बढ़ी। पीरा हंसता हुआ कुलांच मारकर पीछे हटा। अमीना पीछा करने लगी। वह बचने के लिए चक्कर काटने लगा। आखिर अमीना ने लपककर पोटली पकड़ ली। पीरा झुककर हंसता हुआ चिल्लाता है।]

पीरा : अरी, लुंगी खुल जाएगी, लुंगी खुल जाएगी बे !

[अमीना पोटली छोड़ देती है। पीरा हंसता, उछलता हुआ घर से निकल जाता है। अमीना उसके जाने की दिशा में देखती रहती है और फिर सर पकड़कर बैठ जाती है। प्रकाश बंद हो जाता है।]

□

दुमंज़िला

[रात का क्षीण-सा प्रकाश होता है। यह प्रकाश नीचे दुकान

के पटरे पर सोए हुए अलीजान पर भी पड़ता है। ऊपर तख्त पर अल्लाबंदा सोया हुआ है। मीरा उसी तख्त पर एक ओर बैठा है। गांजे की चिलम पीता हुआ बार-बार कमरे के बंद दरवाज़े की ओर बेचैनी से देखता है और आखिर धीरे से उठकर दरवाज़ा खटखटाता है। दरवाज़ा नहीं खुलता, तो निराश होकर चिलम हाथ में लिए हुए ही सीढ़ियों से उतरने लगता है। तभी करवट बदलता हुआ अल्लाबंदा बड़बड़ाकर कहता है।]

अल्लाबंदा : या अल्ला ! माफ़ कर खता ! मैं तेरा गुनहगार बंदा हूं।

[मीरा लड़खड़ाता-सा आकर अलीजान के पटरे पर बैठता है, तो अलीजान एकदम चौंककर चिल्ला पड़ता है।]

अलीजान : कौन ? (**देखकर**) अड़े, तुम थे सौदागड़। डड़ गया अलीजान याड़ !

[मीरा चुपचाप चिलम पीता रहा, तो अलीजान बोलता है।]

अलीजान : तुम जब दिसावड़ से चले, तो चड़की दादड़ी में सिमिंट का क्या भाव चल ड़या था ?

मीरा : (**तंग होकर**) मरी सुसरी चरकी दादरी, ह्यां हमारा ई सिमंट हुआ जा रया है।

अलीजान : खैड़, सिमिटं चूने का तो काम ई ठैड़ा, पड़ याड़ ! एक बात जरूर कैं गे कि बगदाड़ में तुमाड़े नाम की पीपनी बज गई। अब बेगम के बच्चा हो, तो, डंका बजै।

मीरा : (**झुंझलाकर**) बच्चा कां से हो जायेगा, जब वां खुल जा सम सम का दरवज्जा ई नई खुलता ?

अलीजान : (**चौंककर**) ऐ ? (**दिलचस्पी से**) ये क्या बात कई याड़ ! अबी तलक...... ?

मीरा : कै तो दिया। अबी तलक वैसे ई अै।

अलीजान : (**सोचता हुआ**) हूं अं हूं !

मीरा : हूं हूं क्या ?

अलीजान : तड़कीब बतावे अलीजान!

मीरा : नई तो आये क्यों औं हम तेरे पास?

अलीजान : (**धीरे से**) दड़िया साह के तकिये की मट्टी तबीज में धड़के बेगम की कमड़ में बांध दो।

मीरा : (**झींककर**) अरे, बेगम तक पोंचने का ई रस्ता नई अै।

अलीजान : अब ये तो भई अलीजान का काम नई है। तुमाड़ा ई है।

मीरा : (**दम मारकर खांसता हुआ**) ऊंट की लीद मिला रक्खी अै। गांजे में।

[चिलम उलट देता है। पटरे पर जगह करता हुआ अलीजान कहता है।]

अलीजान : आ जाओ, तो ड़ात ह्यांई काट लो उधड़ जा के बी क्या कड़ोगे।

[मीरा उसके बराबर में लेट जाता है। प्रकाश बंद होता है।]

□

दुमंज़िला

[दुमंजिले से पीरा के घर के बाहर तक दिन का प्रकाश होता है। रौनक़ और अल्लाबंदा तख़्त पर बैठे हुए ताश खेल रहे हैं। सबरंग एक ओर बैठा हुआ पान लगा रहा है। अलीजान की दुकान पर कोई-कोई सौदा ख़रीद रहे हैं। गली में इक्के-दुक्के लोग आ-जा रहे हैं। ताश खेलती हुई रौनक़ अल्ला-बंदे से बोलती है।]

रौनक़ : चचा यह सुराग़ नहीं लगा कि ये इत्ती सारी अशर्फ़ियां हमारे मियां के पास कहां से आयीं?।

अल्लाबंदा : हमें तो कभी का लग गया।

रौनक़ : क्या?

अल्लाबंदा : तुम्हारे मियां अलीबाबा के नवासे हैं।

रौनक़ : ऐ नौज ! अच्छा सुराग़ लगाया।

अल्लाबंदा : न सही, मगर तुम्हें इससे क्या है ?

रौनक़ : (**उकता कर**) हमारा तो इस बियाबान में दिल नहीं लगता। कहो तो चल दें यहां से उठ के

अल्लाबंदा : और अशर्फ़ियां किसके लिये छोड़ चलें? मतलब पे नजर रक्खो बानो ! तुम्हारी अम्मीजान ने तुम्हें इस बगदार का नाम पलट के रौनक़ाबाद करने के लिये भेजा है। तुम्हें रौनक़ महल तामीर कराना है। तुम निकाह पढ़वा के आई हो। हक़ हासिल करो।

सबरंग : (**पानों की तश्तरी आगे रखता हुआ**) इमान से। आगे-की आगे।

रौनक़ : ऐ, आगे-की-आगे क्या सबरंग भाई ! (**अल्लाबंदे से**) चचा ! अम्मीजान की तजवीज हमें याद है; पर निकाह का फ़र्ज अदा करने के नतीजे नहीं जानते आप इत्ते बड़े हो के ?

अल्लबंदा : जानते तो हैं; पर कसम से तुम्हें यह भी समझाये देते हैं कि ज्यादा तनाव से तार टूट जाता है और फिर सारंगी, सारंगी नहीं, बल्कि दोतरा रह जाती है।

[आख़री बात के दौरान ज़ीने से चढ़कर चुपचाप मीरा आता है। सब उसे देखकर अनदेखा कर देते हैं। मीरा रौनक़ के पीछे बैठकर उसकी नंगी कमर में उंगली छूआता है। रौनक़ एकदम चीख उठती है।]

रौनक़ : उई अल्ला ! (**देखकर**) हये, आप थे ! मैं तो डर गई।

मीरा : (**पुचकारता-सा**) हम से क्या डर ? हम से क्या डरना ? .

रौनक़ : (**उदास**) मियांजी ! कुछ डर है, तो आपसे ही है।

मीरा : (**गिड़गिड़ाकर**) देखो, बेगम ! हमने तुमारे लिये क्या-क्या तो कड़्डाला और क्या-क्या करने को तैयार बैठे अैं। हम तुमारे वास्ते अपने भाई से न्यारे हो गये। रातों-रात दुमंजला खुलवा दिया; पर तुम खुस नई हुई।

रौनक़ : सुना सबरंग भाई !

सबरंग : दूल्हा भाई ! हमारे लोगों में से कोई नये मकान में जाके बसता तो नाच होते, गाने होते, दावतें होतीं। उस शब को नाते-रिश्ते में न जाने क्या-क्या लेन-देन हो जाता। इमान से ! तोहमतें लगाने का तो आपको अख़तियार है, पर इसके बगैर हमारी हमशीरा कैसे खुश हो सकती हैं ?

मीरा : (**उत्तेजित**) ये ई बात है तो रई। दावत-जापत लेन-देन का बंदोबस्त हम करेंगे, पर नाचने-गाने वाली इनसे ब ढ़िया कां से लावें ?

रौनक़ : अब इतना ही है, तो चचा ! मिलाना ज़रा साज़। मियां जी भी क्या याद करेंगे आज के दिन को !

[अल्लाबंदा सारंगी मिलाने लगता है, सबरंग तबला। रौनक़ पांवों में घुंघरू बांधने लगती है। यह आवाजें सुनकर नीचे छप्पर की ओर बूंदू सरफ़ू व और लोग एक-एक करके जमा होकर ऊपर देखने लगते हैं। ऊपर रौनक गाने-नाचने लगती है।

ता दरे जाना हमें अब्बल तो जाना है मना,
और गये तो हल्कदर का हिलाना है मना।
आंख उठा कर भी अगर देखा तो वो पर्दे में है,
सामने बेपर्दा होकर उनका आना है मना।
गुल मचाकर गर पुकारा भी तो झुंझलाकर कहा,
जाओ, क्यों आये, तुम्हें घर में बुलाना है मना।

गाने के दौरान में ही दायीं ओर की गली से घूंघट निकाले अमीना, करीमन बी व और कई औरतें सरों पर पानी भरे मटके रखे हुए आ-आकर दुमंज़िले के नीचे रुककर ऊपर को ताकने लगती हैं। आपस में खुसर पुसर करती हैं-किसी बात पर उनकी हंसी छूट पड़ती है। हंसी सुनकर नाच-गाना बंद करके हज्जे की ओर आकर रौनक़ उससे कहती है।]

रौनक़ : ऐ, वयों भीड़ लगा रक्खी है मेरे दरवाज़े पर ? क्या देख रही हो

दीदे फाड़ के ?

एक औरत : अरी, हम रौनक देख रई हैं। जरा-सी और नाच दे।

रौनक़ : (**चिढ़कर**) तुम देहाती जंगलियों की लौंडियां हमारा नाच देखोगी ?

दूसरी : और तु ह्यां किस काम को आई है ?

रौनक़ : (**और चिढ़कर**) तुम से पानी भरवाने आई हूं।

करीमन : हम तो जानें भाइयों को लड़वाने आई है।

रौनक़ : (**मुड़कर**) ऐ-तुम दो-दो कौड़ी के राज-मज़दूरों की भूखी नंगी लुगाईयो ! हम नवाबों के सामने सर ऊंचा करके बोलती हो ? मैं ज़ुबान खिचवा लूंगी मुंह में से।

करीमन : (**चीखकर**) ना खिंचवावे तो तू कम असल की।

[अमीना ने वहां से खिसकना चाहा, तभी रौनक़ उपर से चीख पड़ती है।]

रौनक़ : तू असल की हो, तो उसे बुलवा के दिखा, जो घूंघट में लिपट के तुझे हिमायती बनाकर लाई है।

[करीमन जाती हुई अमीना को पकड़कर खींच लेती है। और उससे बोलती है।]

करीमन : तुजे पीर अली की जान की कसम है, जो इस लालपूरी से ना बोले !

[अमीना के बोलने से पहले ही रौनक़ चीख़कर कहती है।]

रौनक़ : ऐ, ये क्या बोलेगी हमारे सामने ! मुई हमारी ज़रखरीद लौंडी !

अमीना : (**ग़ुस्से से, घूंघट उलटकर**) मैं जड़खरीद ना बोलूं, तो ना बोलूं, तू तो किराये की हो के बी बोल रई है। मैं तो बिक गई बाई जी एक दफै, तू तो रोज-रोज की बिकने वाली है।

[सब औरतें खिल-खिलाकर हंस पड़ी तो ऊपर से रौनक़ हाथ नचाकर बोलती है।]

रौनक़ : ऐ, सौ-दो-सौ रुपल्लियों के लिये तू बाप के घर में पांच-पांच

बरस पड़ी सड़ती रही। न ढकने को कपड़ा, न सजने को गहना। तू है क्या चीज़?

[अमीना सर का घड़ा ज़मीन पर पटक देती है और पूरी तरह मुंह उघाड़कर चिल्ला पड़ती है।]

अमीना : तबलची सरंगची तेरे संग लगे फिरते हैं। छज्जे में खड़े हो के ठुमके लगाने की तेरी टेव नईं छुटी। ये कौन से नट-नबाब के घर का सऊर है? उसका नाम तो बता, बोल दूं उस पै हजार नालत।

रौनक़ : (**गला फाड़कर**) नालत की बच्ची! हमारी गिरवी होकर हमीं को गालियां सुनाती है? बहुत हया दार हो, तो दे दे हमारी रक़म इसी दम नहीं तो इसी चौक में नीलाम करा दूंगी तेरा।

[बात के धक्के से जमीन पर बैठकर अमीना फफक कर रो पड़ती है! औरतें एक साथ चख-चखकर उठती हैं। करीमन अमीना को उठाने लगती है। दुमंज़िले की ओर मुंह उठा कर बुंदू पुकार लगाता है।]

बूंदू : मीरा! ओ मीरा!

अलीजान : (**दुकान से ही**) मीड़ा नईं, अमीड़ अल्ली कओ।

बुंदू : (**झल्लाकर**) अमीड़ अली सई! अमीड़ अली सई। (**पुकार कर**) अबे, कां जा लुका अमीर अली! इसे छज्जे में से लेजा अपनी सौदागरनी को नामर्द की औलाद।

[करीमन वगैरा सब औरतें अमीना को लेकर बाईं गली की ओर चली जाती हैं।

बुंदू की आवाज़ सुनकर ऊपर तख्त के पीछे छिपा हुआ-सा मीरा गिड़गिड़ाकर रौनक़ से बोलता है।]

मीरा : अजी, बेगम! तुम भीतर को आ जाओ।

[घुंघरु बंधा पांव ज़मीन पर मारकर रौनक़ कहती है।]

रौनक़ : मैं नहीं आऊंगी, नहीं आऊंगी, नहीं आऊंगी।

मीरा : (**सबरंग से**) सबरंग! तुजे खुदा का वास्ता अै। मियां! इनैं

भीतर ला किसी तरै।

सबरंग : आइये फिर, ये अकेले का काम नहीं है इमान से!

[नीचे वालों की नज़र से बचने के लिये सबरंग और मीरा घुटनों के बल झुके-झुके रौनक़ की ओर बढ़ते हैं और झपट्टा-सा मारकर उसे पीछे खींच लेते है। नीचे भीड़ छंटने लगती है और ऊपर छूटने के लिये छटपटाती हुई रौनक़ चीख-पुकार मचाने लगती हैं।]

रौनक़ : छोड़ दो मुझे, छोड़ दो!—ऐ, वो बग़दारनें हमें सरे आम बेइज़्ज़त कर रही हैं और तुम न खुद बोलते हो, न हमें बोलने देते हो! (**रोकर**) ऐ, मैं धोका खा गई सौदागर! तुम मेरे लायक़ आदमी ही नहीं निकले!

सबरंग : इमान से! रौनक़! इसमें भाईजान की तो ख़ता है नहीं।

अल्लाबंदा : कसम से! नज़र तो आती नहीं।

रौनक़ : ऐ, है कैसे नहीं? हमें साफ़ नज़र आ रही है। इन्होंने जान-बूझ कर अपने भाई को रुपये देकर वो जल्लाद औरत मंगाई है हमारी छाती पर मंग दलने को।

मीरा : (**बहुत गिड़गिड़ाकर**) रौनक़! तुम हमसे कसम उठवा लो जो हमने...।

रौनक़ : ये बात है, तो अपने भाई से तलाक़ दिलवाओ उस औरत को।

[मीरा झटका सा-खाकर चीख़ पड़ता है।]

मीरा : तल्लाक?

रौनक़ : हां-हां, तल्लाक। और उससे हमारी रक़म वसूल करके लाओ इसी दम।

मीरा : (**दबा हुआ-सा**) खैर, तल्लाक-मल्लाक की तो हातों-हात नईं कै सकते; पर रक्कम हम अबी असूल करके लाते हैं।

[सोचता हुआ सीढ़ियों से उतर जाता है।]

रौनक़ : ज़रा जाना सबरंग भाई! कहीं भाईचारे में ही न मर मिटे यह मेमार।

सबरंग : इमान से! [जाता है।]

अल्लाबंदा : कसम से! आज तुमने वो टीप का सुर जमाया कि सारी रैयत थरथरा उठी।

रौनक़ : आदाब अर्ज़ है!

अल्लाबंदा : लो, गिलौरी खाओ।

[पान देता है। वह खाती है। प्रकाश बंद होता है।]

पीरा का घर

[शाम का मंद प्रकाश होता है। पीरा औज़ारों का थैला कंधे पर रखे हुए बाहर से आता है। तभी कोठे में से अमीना बहुत ग़ुस्से में भरी हुई आती है और पीरा से कहती है।]

अमीना : कां गये थे?

पीरा : (**बैठता हुआ**) अरी, कारीगरों को काम-धाम की खबर दे के ईंट-पींट लाने गफूरगढ़ गया था, सो वां बी भट्टा ठंडा पड़ा है। (**हंसकर**) पलट के आये तो बगदार का ई भट्टा गरम मिला।

अमीना : (**जलकर**) तुमें तो नईं लगी ना बगदार के भट्टे की झल्ल?

पीरा : (**हंसकर**) अरे, त्तेरा भला हो जाए! (**समझाकर**) अरी, जोहो गई, सो हो गई। वो बड़ी है, तू छोटी है। गई गुजरी कर। म्हौबत बढ़ाने से बढ़ती अै।

अमीना : मिजे नईं बढानी उस बेहा रंडी से म्हौबत-फौब्बत। अल्ला करें, उसकी खटिया निकले मचमचाती हुई!

पीरा : अब ये गाली-वाली रैन दे तू।

अमीना : (**भड़ककर**) गाली को छोड़ो, मैं उसके सिर में ईंट मारूंगी उठा के। अब के उसे कैन दे कि मैं खरीद के लाई गई ऊं।

पीरा : (**हंसकर**) अरी उसके कैने से क्या होता है? मैं तो तुजे ढोल

बजा के लाया ऊं।

अमीना : (**दुख से रोनी होकर**) हीरा मिस्तरी! उन्ने ढोल बजा के ई लिल्लामी की बोली मारी है मेरे कलेजे में। (**झल्लाकर**) तुम रुपियों की पोटली अंटी में बांधे फिरते हो, मार क्यों नईं आते उस नटनी के थूथड़े पै?

पीरा : बस पोटली की तो बात ई मत कर तू।

अमीना : (**चीखकर**) क्यों ना करें? जब है तुमारे पास?

[बाहर से पहिले सबरंग की, 'अमां पीर अली!' फिर मारा की आवाज़ आती है, 'पीरा!' अमीना तमतमाकर कहती है।]

अमीना : वो आ गए पठान तगाजा लगाने। फेंक दो पोटली में से लिकाल के।

[सबरंग के पीछे-पीछे मीरा शर्मिंदा-सा आता है। अमीना पर्दे के लिए मुंह फेर लेती है। आते ही सबरंग कहता है।]

सबरंग : तुम किस किमाश के आदमी हो जी, इमान से! हमने बाहर से ही सुन लिया। पोटली दबाये बैठे हो और क़र्ज़ा नहीं चुकाते दूसरे का।

पीरा : (**हंसकर उठता हुआ**) हत्तेरी पोटली की। जिसे देखो, उसी की नजर पोटली पै। जब कै दिया कि उसमें से मैं देने वाला नईं अूं किसी को।

सबरंग : इमान से! हम भी देखते हैं कि कैसे नहीं दोगे!

[सबरंग तेज़ी से बढ़कर पीरा का हाथ पकड़ लेता है। देखते ही अचानक झपटकर अमीना सबरंग के हाथ में एक ज़ोर का चांटा मारकर चीख पड़ती है।]

अमीना : खबरदार! जो हाथ पकड़ा।

[पीरा का हाथ उसके हाथ से छूट जाता है और वो 'इमान से!' कहकर अपना हाथ सहलाने लगता है। पीरा हंसने लगता है। मीरा सिटपिटाकर पीरा से बोलता है।]

मीरा : अब कै दे उनके भाई से। कैसे देगा, कब देगा।

पीरा : (**हंसता हुआ**) अरे, भाई से कैवाले, चाए भैन से कैवाले। पोटली में से नईं दूंगा, मजूरी में से दूंगा।

मीरा : (**सबरंग से**) चलो, बस हो गया फैसल्ला।

[उसे खींचकर ले जाता है। पीरा उनकी ओर देखकर हंसता हुआ आप-ही-आप बोलता है।]

पीरा : मैं इस पोटली को आज लगाये ई देता ऊं काम में।

[औज़ारों का थैला उठाकर पीरा तेज़ी से बाहर चला, तो अमीना कठोर होकर पुकार उठती है।]

अमीना : सुनो, मिस्तरी!

[पीरा रुककर पलटा, तो अमीना तनकर कहती है।]

अमीना : अगर तुम मेरे मरद हो, तो इन अपनों का कर्जा उतार के घर में आना।

[अमीना तो झटके से कोठे में चली गई और उसकी बात के आघात से टूटकर पीरा ज़मीन पर बैठ जाता है। रात का द्योतक प्रकाश और मंद हुआ और इसी के साथ दूर से ढोलक पर गाने की आवाज़ आती है :

पैसा ही रंग-रूप है पैसा ही माल है,
पैसा न हो तो आदमी चर्खे की माल है।
पैसे ही का अमीर के दिल में खयाल है,
पैसे ही का फ़कीर भी करता सवाल है।
दुनिया में देनदार कहाना भी नाम है,
पैसा जहां के बीच वो क़ायम मुक़ाम है।
पैसा ही रंग-रूप है पैसा ही माल है,
पैसा न हो तो आदमी चर्खे की माल है।

[गाने की आवाज़ आती रहती है। पीरा औज़ारों का थैला उठाकर धीरे-धीरे बाहर चला जाता है। प्रकाश बंद होता है।]

□

छप्पर

[एक लालटेन जली हुई है। उतना ही प्रकाश होता है। सरफ़ू आदि सब कारीगर गडमड होकर बैठे हैं। बुंदू ढोलक बजा रहा है और कोई एक गा रहा है :

पैसा ही रंग-रूप है पैसा ही माल है,
पैसा न हो तो आदमी चर्खे की माल है।

पीरा बायीं ओर से आता है और सबके बीच में घुसकर बुंदू के पास बैठ जाता है। बुंदू ढोलक बजानी बंद करके पीरा से पूछता है।]

बुंदू : हुइ या या बे गफूरगढ़?

पीरा : वहां बी माल नईं मिला चचा; पर मैं तो इस बखत और ई अजमास को आया अूं।

बुंदू : क्या?

पीरा : कै अपना कौन अै और गैर कौन अै?

बुंदू : ये सब तेरे ई हैं बे, तेरी जात के हैं, तेरे गाम के हैं। तेरे कैने से सबने आधी मजूरी पै काम करा है और फिर करने की हामी भरी है और कैसे अजमावेगा?

[अंटी से रुपयों की पोटली निकालकर बीच में रखता हुआ पीरा बोलता है।]

पीरा : ऐसे अजमाऊंगा।

बुंदू : क्या है इसमें?

पीरा : रुपिए अैं।

बुंदू : तो पोटली भुखमरों के बिच में काय को धर दी उल्लू!

पीरा : बस, जो अपना हो वो इसे उठा ले।

[सब पोटली को झुक-झुक कर देखने लगते हैं। कुछ क्षण के सन्नाटे के बाद बुंदू कहता है।]

बुंदू : भई, इस बात पै तो हैं नईं तेरे।

सरफ़ू : (**आगे सरक कर**) ले मियां! हम हैं तेरे बोल क्या बात है?

पीरा : तू है, तो देख सरफ़ू! ये रुपए दरियाबाबा के अैं। इनमें से माल-पानी का इंतजाम कर। आधी मजूरी तेरी, आधी औरों की। तड़के से ई तकिए के अधूरे काम पै मदत लगवा दे।

सरफ़ू : (**पोटली उठाकर**) तो लग जाएगी, इसमें क्या है?

बुंदू : (**पीरा से**) तू अपना काम आप क्यों नईं करता बे मस्तान!

पीरा : चचा! मुज पै कर्जा बड़े जोर का चढ़ा हुआ अै। भाई का और तगादा है कर्रा। सो परदेस जा रया ऊं मजूरी को। पैसे-टके जुड़ जायेंगे, तो फिर तुम में ई आ मिलूंगा। (**उठ कर**) सलाम अै भई सब भाइयों को!

[पीरा दाईं गली की ओर जाकर अंधेरे में मिल जाता है। सब उस दिशा में गुमसुम देखते-देखते उठ जाते हैं। प्रकाश बंद होता है।]

□

मंच

[बिल्कुल अंधेरा है। थोड़ी देर के सन्नाटे के बाद दूर से कुत्ता भौंकने की आवाज़ आती है, फिर अंधेरे में ही घर से निकल कर अमीना बाईं गली की ओर मुंह करके चीख उठती है—'करीमन! करीमन! करीमन बी!' करीमन दौड़ी हुई आकर कहती है।]

करीमन : क्या है अमीना! क्या हुआ री?।

अमीना : (**रोती हुई**) सारी रात उतर गई, जने क्यों नईं आया मिस्तरी?

अमीना : (**दिलासा देती हुई**) आ जाएगा, आ जाएगा। चल, घर में बैठ। रोयेगी, तो दुनिया हंसेगी।

[उसे घर में ले जाती है।]

मंच का अग्रभाग

[दिन का प्रकाश होता है। मंच के बायें कोने पर दरियाशाह आंखें मूंदे बैठे हैं। दाईं ओर से क़तराशाह लपका हुआ आकर कहता है।]

क़तरा : हुज़ूर! हुज़ूर!वो पीरअली उसी रास्ते से जा रहे हैं, जिससे उनका भाई गया था।

दरिया : तो जाने दो तुम्हें क्या है?

क़तरा : लेकिन इन्हें तो आपने दोबारा रक़म देकर काम पर लगाया था। ये काम छोड़कर चल कहां दिये?

दरिया : भई, शादी होने वाली थी न उनकी। किसी से कर्ज़-वर्ज़ ले लिया होगा। लौटाने के लिये काम-धाम ढूंढने का इरादा होगा।

क़तरा : तो मोहतरिम! कर्ज़ उन्होंने लौटा क्यों न दिया? रक़म तो थी उनके पास।

दरिया : वो रक़म उनकी कहां थी?

क़तरा : माना, लेकिन फिर काम —।

दरिया : वो रक़म देकर काम किसी दूसरे को सौंप दिया होगा, और क्या?

क़तरा : गुस्ताखी माफ़ हो। ऐसी अक्ल वाले को दुनिया में रहने का कोई हक़ नहीं कि गिरह की रक़म तो दूसरे को सौंप दे जौर खुद कर्ज़ चुकाने के लिये दर-ब-दर भटकता फिरे।

दरिया : दुनिया में ऐसी ही अक्लवाले का दम ग़नीमत है शहज़ादे! आदमी हर आदमी को अपने जैसा समझ ले तो यह समझो कि वो कामिल है।

क़तरा : (झुंझलाकर) बजा इरशाद! मगर दूसरा आदमी वैसा साबित न हो तो?

दरिया : न हो तो वो खुद ज़िम्मेदार है।

क़तरा : हुज़ूर ! यह अमल पीरशाह की परेशानी का बाइस हो सकता है।

दरिया : (**हंसते हुए, उठकर**) परेशानी, पीरशाह मानें तो परेशानी है।

क़तरा : (**बेचैनी से**) अब न यह जाने कहां-कहां भटकेंगे? कब लौटेंगे ?

दरिया : भई, मज़दूर की मज़दूरी ही कितनी। रुपया जमा होने में न जाने कितना वक्त लग जाये।

क़तरा : हुज़ूर ! आप तो उनकी मुश्किल आसान कर सकते हैं ! इजाज़त हो, तो रोक लूं दौड़कर।

दरिया : रुक जायें, तो रोक लो; पर हम किसी की मुश्किल आसान करने वाले कौन हैं ?

[क़तराशाह चुप खड़ा रह जाता है, तो दरियाशाह कहते हैं।]

दरिया : शहज़ादे ! सुकून से सोचो कि हम कौन हैं और मस्लेहत में दख़ल देने के हमारे अख़तियार कितने हैं। जवाब मिल जाये, तो अमल करना।

[दाईं ओर को चले जाते हैं। प्रकाश बंद होता है।]

अंक दो

तकिया

[दोपहर का प्रकाश होता है। तकिया सुनसान है। दूर से पीरा के; 'न कोई दोस्त न कोई यार, दुस्मन सारा सादर बाजार।' गाने की आवाज़ आती है, फिर गाता हुआ पीरा सीढ़ियां चढ़कर आता है और एकदम गाना बंद करके आश्‍चर्य से इधर-उधर देखने लगता है। अनायास उसके मुंह से निकल पड़ता है, 'यां तो कुछ बी नईं बना!' धक्का-सा खाकर पीरा, 'बाबा!' कहकर चीख़ उठता है और सर थामकर बैठ जाता है। नेपथ्य से किसी के गाने की आवाज़ आती है :

"चलता है आदमी ही मुसाफ़िर हो ले के माल,
और आदमी ही मारे हैं फांसी गले में डाल
या आदमी ही सैद है और आदमी ही जाल,
सच्चा भी आदमी ही निकलता है मेरे लाल।
झूठ का भरा है सो है वो भी आदमी,
ये आदमी है भाई, थे आदमी है भाई,
ये आदमी है भाई!

गाने की आवाज़ दूर होती चली जाती है। पीरा उठकर धीरे-धीरे सीढ़ियों से उतरकर चला जाता है। प्रकाश मंद होता है।

□

पीरा का घर

[दिन छिपे का प्रकाश होता है। अंधेरे से आंगन में करीमन रोते हुए बच्चे को चुप करने के लिए गोद में हिला-झुला रही है। पीरा घर के बाहर आता है और करीमन व बच्चे को देखकर आता ठिठक जाता है, फिर कुछ सोच-समझकर तेज़ी से अंदर आता है। करीमन उसे देखकर ताना-सा मारकर कहती है।]

करीमन : आ गए अब्बा जानी! [पीरा चुप रहता है।]

करीमन : नालत है उस मर्दुए पर, जो जनानी को उस हाल में छोड़ के गधे के सींग की तरै उड़ जाये। (**बच्चे को खटोली में लिटाकर**) लो, सिम्हालो अपने करे-धरे को।

[चली जाती है। बच्चा रोता है, तो पीरा उसे उठाकर गा-गाकर खिलाने लगता है।]

पीरा : अले-अले-अले, न कोई दोस्त न कोई यार, दुस्मन सारा सदर बाज़ार।

[आवाज़ सुनकर जली हुई ढिबरी हाथ में लिए उलझे बाल, फटे हाल अमीना कोठे में से आती है और पीरा की ओर थोड़ी देर ताककर रोती हुई-सी कहती है।]

अमीना : आ गया तू मियां जी! औलाद पे लाड़ करने को?

[पीरा चुप बैठा रहता है।]

अमीना : जी, अब बी क्यों आया है? यां तेरा कौन है, जो आया है?

पीरा : (**बच्चे को लिटाता हुआ, धीरे से**) तू है जो मेरी बीवी!

अमीना : (**ग़ुस्से से फूट कर रोती हुई**) तुजे सरम नईं आई, जो मिज इकली को उस हाल में छोड़ कै चला गया? मेरे पेट में बच्चा और मैं मजूरी करती फिर रई ऊं। आप नंगी बैठी ऊं और दूसरों के तन ढकने को चरखा कात रई ऊं। मायके के टम-टाम बेच के खड्डीकरघा चला रई ऊं। तेरे गम में बाप मर गया, तो

उसके कफन-दफन के लियों बी तेरी चौखट से बाहर पांव नईं धर सकी मैं। किस दाता के सहारे छोड़ के गया था मिज मुकद्दर मारी को, जरा बता तो सई?

[झुका हुआ सिर पीरा ने और झुका लिया हैं। अमीना झुंझलाकर बोलती है।]

अमीना : जरा अपना चेहरा तो कर मेरे सामने को।

[पीरा गुमसुम बैठा रहा तो ढिबरी पटककर उसे झंझोड़ती हुई अमीना बोलती है।]

अमीना : अरे, तू तो बुरा बी नईं मानता अल्ला के बंदे! तू पागल है, दिमाना है या क्या है? बुरा मान कै ई बोल पड़ कुछ।

पीरा : (**धीरे से**) अरी बुरा किस बात का मानें, जब तू ठीक ई कै रई अै?

अमीना : (**आंसू पोंछती हुई**) जब उद्दिन तुम कर्जा चुकाने गये थे, तो तगाजा ज्यों-का-त्यों क्यों लग रया अै कोठे वाली का?

पीरा : (**धीरे से**) तगादा कुछ झूंट थोड़े ई अै।

अमीना : (**झल्लाकर**) मियां कां गई वो पोटली?

पीरा : वो पोटली तो जिसकी थी उसके काम में लगा गया था मैं।

अमीना : तो उस कमबखत पोटली को उसके काम में लगा के गए कां थे तुम?

पीरा : गया तो कर्जे के लिए कमाई करने ई था।

अमीना : तो कमाई करके लाए बी तो होगे कुछ?

[कुर्ता उठाकर अंटी की पोटली दिखाते हुए पीरा बोलता है।]

पीरा : हां-हां, लाते क्यों नईं, ये देख।

अमीना : तो अब अपनी कमाई से ई अपनी गिरवीं लुगाई को छुड़ा लो।

पीरा : अरी लाए तो इसी वास्ते थे पर अब तो एक छोड़ दो-दो के करजदार हो गए हम, छुड़ा कैसे लें।

अमीना : (**बहुत दुखी होकर**) अरे कुछ समझ में आने लाक बोली बी तो बोल औलिया।

पीरा : क्या बोलें जब न कोई दोस्त न कोई यार, सरफ़ू अपना बन के खा गया।

अमीना : (**उसकी ओर बढ़ती हुई**) मिजे दो ये पोटली।

पीरा : (**एकदम उठकर**) ये तो अब तेरी ना मेरी। ये तो उसी की हो गई जिसकी वो थी।

[पीरा जल्दी से बाहर की ओर जाता है। अमीना उसे पकड़ने के लिए बढ़ती है, लेकिन अचानक रुक जाती है। पीरा चला जाता है। अमीना एक हाय-सी भरकर बैठ जाती है।]

अमीना : या अल्ला!

[प्रकाश बंद होता है।]

दुमंजिला

[रात का प्रकाश होता है। कमरे का दरवाज़ा बंद है। अल्लाबंदे के पास तख्त पर बैठा हुआ मीरा गांजा पी रहा है। नशे में है। तभी अपनी लचक चाल में तेज़ी से सीढ़ियां चढ़ता हुआ ही सबरंग कहता है।]

सबरंग : सुना आपने दूल्हा भाई! वो आ गये हैं आपके पीरअली

मीरा : (**उत्सुककर**) आ गया? हम बाट ई देख रये थे उसकी।

अल्लाबंदा : साल भर में सबरंग भाई की सलीमशाहियां घिस गईं तक़ाज़े करते-करते! कसम से! अब तो रक़म आ जानी चाहिये।

सबरंग : इसके सिवा इमान से! हमारी हमशीरा भी तब से सूनी गोद बैठी-बैठी बेक़रार हो गई हैं।

मीरा : इसी मारै हम सोचे रये अैं के पीरा का लौंडा गोद ले लें।

सबरंग : (**एकदम चौंककर**) इमान से !—चचा !

अल्लाबंदा : कसम से ! यह क्या कह डाला इन्होंने ?

सबरंग : (**पुकारकर**) ऐ, सुना तुमने रौनक !

[दरवाजा खोल कर रौनक़ बाहर आती है।]

सबरंग : दूल्हामियां का इरादा अपने भाई के लड़के को गोद बिठाने का हो रहा है।

रौनक़ : ऐ, ठीक भी तो है। कोई नामर्द मर्दुआ बेचारा और कर भी क्या सकता है ?

सबरंग : (**अल्लाबंदे की ओर**) इमान से !

अल्लाबंदा : (**ताज्जुब में**) कसम से ! यह तो राज़ ही दूसरा है।

मीरा : (**रौनक़ से**) वो हम कैसे हो गये ! जब तुमने उस तरयों का रिस्ता ई नईं रक्खा !

रौनक़ : अल्ला क़सम ! अक़िल का भी वो हाल है, जैसे गधे पर सोना लाद दिया !

मीरा : अल्लाकसम खा के गधा कै रई ओ हमें ?

रौनक़ : ऐ, तो यों भी तो सोचा होता कि साल भर से तुम्हारा भाई परदेस में पड़ा था। यह बच्चा उसकी औरत के हुआ कैसे !

सबरंग : (**उछल कर**) इमान से ! वाक़ई !

अल्लाबंदा : कसम से ! इस नुक्ते की तरफ़ तो ख़याल ही नहीं गया !

मीरा : (**चक्कर में**) ये बात हमने बे जरूर नईं सोची।

रौनक़ : ज़माने में शोर मच गया और तुमने सोची तक नहीं ? लानत है।

मीरा : नालत मंजूर पर जब तुमारा-हमारा रिस्ता-ई नईं तो अपनी औलाद...।

अल्लाबंदा : कसम से इमारत बने बगैर अपनी औलाद पर क्या इलज़ाम है कि न हुई ? यह तो पेशीनगोई है मियां !

सबरंग : ऐसी औलाद गोद लेने से तो बेहतर है कि इमारत की बुनियाद रखवा दी जाये।

मीरा : (**बड़बड़ाता-सा**) कोई जगै बी तो होनी चैये। बुन्याद कां

धरवा दें?

अल्लाबंदा : मियां वो जगह है, तो सही आपकी, जो बानों ने पहले रोज़ पसंद की थी।

सबरंग : जहां आपको मूसा अलै हिस्सलाम की तरह इलहाम हुआ था।

अल्लाबंदा : वहां बुनियाद खुदते ही जलवा न हो, तो इल्मेनजूम पर हम अपनी जूतियों मे भरके खाक डाल देंगे।

रौनक़ : बस, कह दिया, जो कहना था चचा मियां ने। हमें खुद अपनी नाक की नथ बार हो रही है।

[उत्तेजना से चिलम पलट कर मीरा बोलता है।]

मीरा : अच्छा, तो बुन्याद में ई जलुवा दुबक रया अै, तो हम कल्ल की कल्ल बात करेंगे कारीगरों से।

रौनक़ : ज़ुबान?

मीरा : **(जोर से)** जिबान, जिबान।

[नख़रे से इठला कर कमरे में जाती हुई रौनक़ बोलती है।]

रौनक़ : अल्ला आप तो नाराज़ हो गये हम से!

[बात को बुलावा समझकर मीरा ने उसके पीछे अंदर जाना चाहा ; पर रौनक़ ने फ़ौरन दरवाज़ा अंदर से बंद कर लिया। अल्लाबंदा जंमाई लेकर लेटता हुआ पुकारता है।]

अल्लाबंदा : या अल्ला! माफ़ कर ख़ता! मैं तेरा गुनाहगार बंदा हूं।

[—और मीरा मुरझाया हुआ-सा सीढ़ियां उतरने लगता है। प्रकाश बंद होता है।]

अलीजान की दुकान

[दुकान से पीरा के घर के बाहर तक दिन का प्रकाश होता है। दुकान के थले पर अलीजान खड़ा है। पास ही मीरा बैठा है।

आगे पीरा समेत सब कारीगरों की भीड़ जमा है। दृश्य आरम्भ होते ही बुंदू बीच में सिर झुकाये बैठे सरफू को जूती से धड़धड़ा मार रहा है। मार से न सरफ़ू पुकार रहा है न और कोई कुछ बोलता है। सब तमाशा देख रहे हैं। बुंदू जूती मारता हुआ कहता है।]

बुंदू : हराम खोर! बज्जात! ना अहल! सूअर! कमेरों का नाम लगा कै तू उसके रुपियों की पोटली पेट में उतार गया और जब वो हड्डे पेल कै दूसरे रुपिये ले कै आया, तो सब को पूरी मजूरी के वास्ते भड़का रया है। डूब के नईं मरा जाता हरामी के नुत्फ़े!

अलीजान : (**पुकार कर**) अब हौड़ माड़ के ई दम लोगे क्या?

बुंदू : (**जूती पटकर पहिनते हुए, पीरा से।**) बोल बे पीर अली! कर तीया-पीचा। तू मोल-मजूरी माल-ताल ठैराता फिर रयो अै और के क्या कै रया अै तैरा मां जाया ;

पीरा : (**हंसकर**) वो कुछ बी के, तुमें खबर नईं अै क्या कै जगै दरियाशाह की है और वो मुजे रुपिया दे गया अै तकिया बनाने को?

बुंदू : (**मीरा से**) दे बे जबाब, कुछ हो तो इस बात का।

मीरा : (**रोब से**) इसका जबाब ये है कै जगै हमने नगदी दे कै खरीदी है फकीर से, तो ये बिच में कौन मुजाम है?

पीरा : (**आश्चर्य से**) तैंने नगदी दे कै खरीदी है?

मीरा : (**मुंह फेर कर**) हां-हां, कै तो दिया।

पीरा : (**चकित**) फकीर की जगै तेरा मक्कान बनेगा?

मीरा : बनेगा, जरुर, बेजरूर बनेगा।

अलीजान : पीड़ अली! जब तुमाड़े बड़े भाई खुद्द कै ड़ये हैं सौदागड़ साब, तो तुनें बात माननी चैये। तकड़ाड़ क्यों कड़ते हो बेकाड़ में?

मीरा : (**उठकर**) जिसको करना हो वो पीरा का काम छोड़ कै हमारे दुमंजले में पीर के दिन आ कै नक्सा-खाका, नाप-तोल सब

समज ले। मजूरी पूरी मिलेगी। अलीजान भाई, जरा आना दुमंजले में, कुछ मसल्लत कन्नी अै तुम से।

अलीजान : आड़या अै, आड़या अै अलीजान चलो तुम।

[मीरा चला गया। सब गुम-सुम होकर एक-दूसरे की ओर ताकने लगे। बुंदू पुकार कर कहता है।]

बुंदू : अबे दुफैर चढ़कर गई, कुछ बोलो तो सई!

एक : (**दबा हुआ सा**) अब बोलने की तो ये है कै जग्गै चाय जिसकी हो, हमें तो मजूरी से मतलब है।

[जाता है।]

सरफ़ू : (**उठकर**) और मजूरी पीरा आधी देगा, सौदागर पूरी देंगे।

बुंदू : (**भड़ककर**) फिर वोई बात कई तैंने! अबे, जब एक दफै उसे जिबान दे दी, तो बदलने का क्या मतबल? कुछ इमान बी है कै नईं सुसरा?

सरफ़ू : जिससे पेट नईं भरै उस इमान को ले कै चाटने से क्या फायदा?

[जाता है।]

दो-चार : बात तो सई है।

[जाते हैं। सब उनके पीछे चले जाते हैं। बुंदू और पीरा रह जाते हैं। जरा देर बाद बुंदू ने पीरा से कहा।]

बुंदू : रात को मिलियो पीरा!

[बुंदू भी जाता है। अकेला पीरा चिंताग्रस्त होकर बैठ जाता है। अलीजान किसी गाहक को सौदा तोलने लगता है। अचानक एक आवाज आती है, अल्लाह! और उसके साथ कईं आवाजें एक साथ आती हैं। 'बस! यहीं रट लगाते हुए बाईं ओर की गली से चार फ़क़ीर दुकान पर आते हैं। एक पुकारता है।]

एक फ़क़ीर : अल्लाह!

दूसरे : बस!

अलीजान : (**चिड़चिड़ाकर**) मियां ड़स्ता पकड़ो ! सबेड़ै ई सबेड़ै बोनी के बखत औड़ कुछ नईं तो अल्ला ई बस !

[फ़क़ीर आवाज़ें लगाते हुए दायीं ओर की गली में चले जाते हैं। अचानक कुछ विचार करके पीरा फ़क़ीरों की दिशा में दौड़ पड़ता है। प्रकाश एकदम बंद हो जाता है।]

मंच का अग्रभाग

[दिन का प्रकाश होता है। फ़क़ीर दायीं ओर से वही आवाजें लगाते हुए आते हैं। तभी पीछे से पुकारता हुआ पीरा दौड़ कर आता है।]

पीरा : मियां ! सुनना जरा। मियां ! रुकना जरा। मियां सांई !

[फ़क़ीर रुकते हैं।]

पीरा : मियां ! तुमने कई रस्ते बिच में दरियाशाह को देखा था क्या ?

एक फ़क़ीर : भाई ! हम तो खुद ही उनकी ज़ियारत को आये हैं। अपने तकिये पर होंगे वो।

पीरा : तकिये पै नई अै मियां ! तुमें कईं मिल जाए तो कैना कि पीरा ने खबर भेजी है, तेरा तकिया छिन रया है। पीर के दिन तक नईं आया तो पछतावेगा।

[फ़क़ीर आवाज़ें लगाते हुए जाते हैं। पीरा लौट जाता है। प्रकाश बंद होता है।]

□

दुमंज़िला

[दिन का प्रकाश होता है। मीरा तख्त पर तना हुआ बैठा है। उसके आस-पास अलीजान, अल्लाबंदा और सबरंग बैठे हैं। सामने ज़मीन पर बैठे हुए सरफ़ू व और दो-एक कारीगर ग़ौर से एक नक्शा-सा देख रहे हैं। सीढ़ियों से नीचे तक और सब कारीगर उलझन में पड़े हुए से एक-दूसरे के कान में खुसर-पुसर-सी कर रहे हैं। सबरंग नक्शे में कुछ दिखाता हुआ कहता हैं।]

सबरंग : ये हां-से-हां तलक का छज्जा है तीन मेहराबें लिए हुए।

[दरवाज़े के पीछे से झलक दिखाती-सी रौनक़ बोलती है।]

रौनक़ : दोनों सिरों पर गुमटियां हैं संगेमरमर की।

अल्लाबंदा : बस ताजबीबी का रोज़ा समझ लो न आगरे का।

मीरा : (**दरवाज़े की ओर देखता हुआ**) ऐन मैन ऐसे ई इमारत उठनी चैये, जैसी बेगम साब ने लैन मारी है।

सरफ़ू : ऐन मैन ऐसे ई उठेगी सौदागर। माल-ताल?

अलीजान : माल-ताल की जुम्मेवड़ी अलीजान की।।

सरफ़ू : बस तो मजूरी और ठैरा दो सबके आगे।

अलीजान : ठैड़ा तो दी बे, जो धाड़ा वो मजूड़ी। पूड़ी मजूड़ी मिलेगी, ड़ोजीना मिलेगी औड़ अलीजान की दुकान पै मिलेगी।

[अलीजान की बात के बीच में ही पीरा और बुंदू ऊपर आकर एक ओर खड़े हो जाते हैं।]

सरफ़ू : हमें मंजूर है, जिसे ना हो तो जानें।

[पलभर के सन्नाटे के बाद एक बुंदू से कहता है।]

एक : बोलो जी चचा! तुम बड़े हो।

बुंदू : (**पीरा से**) बोल भई पीरा! तु बी तो बोल! तेरा भाई अै सौदागर।

पीरा : चचा! भाई हो चाए कोई हो। हम तो तुमसे बोल चुके, जो

बोलना था। आधी हो चाए पूरी हो, ना हक्क तो ना हक्क ई है।

[पीरा यह कहकर चला तो बुंदू पर उखड़कर सबरंग बोलता है।]

सबरंग : म्यां तुम्हें किसी से क्या है, तुम अपनी कहो न इमान से।

बुंदू : तो इमान से तो ये है के हमारा जी तो मानता नईं। मजूरी मिलनी होगी, तो अल्ला और कईं देगा।

[बुंदू चला गया, तो एक कारीगर उठता हुआ बोलता है।]

एक : फिर तो जो एक को देगा, वोई सबको देगा।

[वह भी उठकर चला गया तो सब-के-सब हक़ नाहक़ की बात पर रौला-सा करते हुए चले गए। सरफ़ू झींककर बोलता है।]

सरफ़ू : अब बोलो मैं इकला क्या कल्लूंगा?

अल्लाबंदा : कसम से! ये क्या हरकत की इन दहक़ानियों ने?

सबरंग : इमान से! ये तो सख्ततरीन जुर्म है।

अलीजान : एका नईं सुसड़ा मेमाड़ की जात में!

[ग़ुस्से से तमतमाई हुई रौनक़ कमरे से बाहर आकर बोलती है।]

रौनक़ : एका-वेका मैं सब समझ गई अलीजान भाई! ये कम्बख़त मियां का भाई ही हमारा सबसे बड़ा दुश्मन है। इसी ने सबको भड़काया है। मैंने भी इसे लोहे के चने न चबवा दिए, तो मेरा भी नाम रौनक़ नहीं।

मीरा : (**डरा दबा-सा**) भाई इकले की क्या चलती अै इस पलटन के आगे!

रौनक़ : (**भड़ककर**) इन बग़दारी पल्टनियों के घरों पर गंधों के हल चलवा कर मैं उस पहाड़ी पर रौनक़ महल बनवाकर छोड़ूंगी। मुए कारीगर चाहे लंधन से बुलवानें पड़ें।

[धमकी से सब थरथरा कर बैठे रह जाते हैं। तभी नीचे से 'अस्सलाम अलेकुम, की एक आवाज़ सुनकर सब सीढ़ियों

की ओर देखते हैं। रौनक़ कमरे में चली जाती है। राज मिस्त्रियों के भेस में क़तराशाह समेत अपने पांच-सात साथियों को नीचे ही छोड़कर दरियाशाह ऊपर आते हैं। दरियाशाह की दाढ़ी खूब बढ़ गई है, पर तन पर कपड़े कारीगरों की तरह के हैं। इसी तरह क़तराशाह भी। परेशान मीरा झल्लाकर दरियाशाह से बोलता है।]

मीरा : कौन हो मियां! क्या चैये?

दरियाशाह : राज-मिस्त्री हैं हुज़ूर! परदेसी हैं। सुना था कि आपके पास कुछ काम है?

अल्लाबंदा : सुभान तेरी कुदरत!

सबरंग : बैठो-बैठो काम, है हमारे पास।

[दरियाशाह बैठते हैं।]

मीरा : कुछ पैले बी कबी काम बनाया अै कईं?।

दरिया : यहां तो नहीं हुज़ूर! पर कभी ठहरने का इत्तिफ़ाक़ हुआ हो, तो नमूने के लिए एक ऐश मंजिल है, वो हमारे ही बच्चों ने बनाई थी।

[एकदम कमरे से बाहर आती हुई रौनक़ बोलती है।]

रौनक़ : ऐ, ये तो मायके के ही निकले।

सबरंग : इमान से! हम तो देखते ही पहचान गए थे।

अल्लाबंदा : कसम से! इन्होंने हमें नहीं पहचाना।

रौनक़ : (**नक्शा दिखाकर**) यह इमारत बनेगी मियां! गांव के बाहर जो टीला है, उस पर।

दरिया : (**नक्शा देखते हुए**) वो जो किसी का तकिया कहलाता है, वही न?

सबरंग : हां-हां वही।

दरिया : बन जाएगी इन्शाअल्लाह!

अलीजान : बोलो, तो मजूड़ी का हिसाब बोलो।

दरिया : मजूरी यहां वालों से चौगुनी।

मीरा : (**चीखकर**) चौगनी?।

दरिया : जी हां, चौगुनी लेंगे। रोज़ाना लेंगे और मदद पर लेंगे।

अलीजान : मजूड़ी तो अलीजान पंसाड़ी की दुकान से लेनी पड़ेगी।

मीरा : (**झल्लाकर**) अरे मदत पै बी दे देंगे पर चौगनी की क्या चल रई अै यार!

रौनक़ : ऐ चौगनी तो चौगनी। (**दरियाशाह से**) नक्शा देखकर बतलाओ कि काम पूरा होने में कितने दिन लगेंगे?

दरिया : देख लिया बेगम! बिस्मिल्लाह से गिनकर ज्यादह-से ज्यादह नौ-दस महीने लगेंगे।

[राज़ न जानने की वजह से अलीजान और सरफ़ू के सिवा सब-के-सब ताज्जुब से 'ऐं?' कहकर चीख पड़ते हैं।]

अल्लाबंदा : कसम से! वाह रे जशनशाह की पेशीन गोई!

सबरंग : इमान से! कमाल हो गया!

रौनक़ : (**इठलाकर, मीरा से**) इन्हें एक-एक रोज़ की मज़दूरी पेशगी दे दीजिए मियां जी!

[मीरा को नज़र से छेदती हुई-सी रौनक़ कमरे में जाकर दरवाज़ा बंद कर लेती है। बेताब होकर उठता हुआ मीरा अलीजान से बोलता है।]

मीरा : कारीगर गिन के साई दे देना अलीजान भाई।

[मीरा ने लपककर दरवाज़ा ठेला, तो ठेलते ही खुल जाता है। अंदर जाकर मीरा दरवाज़ा बंद करा लेता है।]

अलीजान : (**दरियाशाह से**) चलो मियां! काड़ीगड़ गिनवाओ अपने।

दरिया : चलिए।

[दोनों उठकर चले, तो हाय-हाय-सी करता हुआ सरफ़ू बोलता है।]

सरफ़ू : तो सरफ़ुद्दीन तो आधी में रया न पूरी में अलीजान भाई!

[अलीजान के बदले अल्लाबंदा बोलता है।]

अल्लाबंदा : या अल्ला! माफ़ कर ख़ता! सबरंग एक चिलम तो जमाओ कसम से! तिताले की।

[प्रकाश बंद होता है।]

पीरा का घर

[शाम का प्रकाश होता है। अमीना पत्थर से चर्खे का पाया धड़ाधड़ ठोक रही है। तभी बाहर से पीरा हंसता हुआ आया और बैठता हुआ बोलता है।]

पीरा : हमारा भाई दिमाना हो गया।

अमीना : (**चिढ़कर**) वो काय से दिमाना लगा तुमें ?

पीरा : अरी, दूसरे की धरती पै म्हैल चिनवाने की जिद्द बांधे बैठा है। ये तो पूरे खपकानीपने की बात है।

अमीना : (**पत्थर पटक कर**) मियां ! खपकानीपने की बात ये है कै वो तो म्हैल चिनवावे और तुम उस पै मजूरी बी न करो ! बरस-बरस भर परदेसों में जा भटके वां से दमड़ी नईं भेजी। कमाई करके लाए तो उसमें से टुकड़े तक को छदाम नईं लिकालते। कर्जा ई चुका देते, तो पेट में नईं, तो कलेजे में तो ठंडक पड़ जाती।

[बच्चा रोता है तो उसे उठाकर मुंह फेरकर दूध देती है। उसका रोना नहीं रुकता, तो खुद रोकर कहती है।]

अलीजान : ऐसे बखत गुड़ घी के लाले पड़ गये। मेरे बच्चे के लिए दूध भी सोखा लिया अल्लाताला ने।

पीरा : अरी, काम ले रक्खा अै तेरे नसीब का। पैसे ई पैसे हो जायेगें। कारीगर फिर के आधी मजूरी पै राजी हो गये हैं। मुजे माल-ताल का जुगाड़ करने जाना है। रोना-धोना छोड़ कै रोटी खिला दे। बड़ी भूक लग रई अै।

[धक्का-सा खाकर अमीना रोना रोकती हुई बोलती है।]

अमीना : रोटी ?—हाय अल्ला ! रोटी नईं खाई तुमने ?—फजर में बी यों ई चले गये ?

पीरा : (**हंसकर**) अरी कल सांज से नईं खाई।

[बच्चे को पटकने की तरह खटोली में लिटा कर अमीना तेज़ी

से कोठे में गई। अंदर से खाली कनस्तर वग़ैरह के खखोड़ने-पटकने की आवाज़ आई। पीरा बैठा देखता रहा। अमीना लपकी हुई बाहर आती है और पीरा से बोलती है।]

अमीना : वो पोटली कां है?

पीरा : (**कुर्त्ता उठाकर**) ये रई। कुछ माल की साई मैं खर्च हो गये, बाकी ये रये।

अमीना : (**जल्दी में**) टके लिकालो इसमें से।

पीरा : इसमें से क्यों?

अमीना : जल्दी लिकालो! आटा नईं अै घर में।

पीरा : (**हंसकर**) अब तू हमें ई तो चरका मत दे बंदी।

अमीना : (**खीझकर**) अरे, एक चुटकी भर बी नईं अै मलेका! मिजे बी करीमन भीक डाल रई अै दो दिन से। पुटलिया लिकाल!

पीरा : (**हंसता-सा**) हो चाए ना हो, इसमें से नईं दूंगा।

[अचानक झपटकर अमीना ने पीरा से पोटली छीन ली और बहुत तेज़ी से बाहर को लपकी। पीरा गुस्से से चीख़ पड़ता है।]

पीरा : पोटली उलटी दे दे अमीना!

अमीना : (**जाती हुई**) आटा लाना अै मिजे।

पीरा : (**बहुत गुस्से में**) आटा गया भाड़ में, पोटली वापस दे।

अमीना : (**रुककर**) नईं दूंगी, नईं दूंगी, नईं दूंगी।

[फिर चली, तो पीरा चीख़ कर कहता है।]

पीरा : तुजे अपने बच्चे की कसम अै जो पोटली ना दे!

[अमीना के हाथ से पोटली छूट पड़ी। पीरा ने झपट कर उठाली और अंटी में बांधता हुआ अपनी जगह आ बैठा। अमीना की आंखों में आंसू झलक आये और वह टूटकर बैठ जाती है।

नेपथ्य से गाने की आवाज़ आती है :

ये रोटियां हैं रोटियां,
ये रोटियां हैं रोटियां।
सौ-सौ तरह की धूम मचाती हैं रोटियां,
सौ-सौ तरह के काम कराती हैं रोटियां।
ईमां की खींचतान कराती हैं रोटियां,
अल्लाह की भी याद दिलाती हैं रोटियां।
भुलाती भी रोटियां हैं, जिलाती भी रोटियां।
ये रोटियां हैं, रोटियां।

गाना समाप्त होते ही अमीना उठी और धीरे-धीरे लौट कर उसने पीरा के औज़ारों का थैला उठाकर सर पर रखा और बाहर को चल दी। पीरा पुकार कर कहता है।]

पीरा : (**हंसकर**) अरी, दिन मुंदे औजार कां ले चली बेकूप।

[अमीना बिना जवाब दिये चली जाती है। प्रकाश बंद होता है।]

गली

[पीरा के घर के बाहर से अलीजान की दुकान तक शाम का प्रकाश होता है। घर की ओर से सर पर औज़ारों का थैला रखे अमीना आती है और सामने से दरियाशाह की टोली। ग़ैर लोगों को देखकर उन्हें रास्ता देने के लिये पर्दा-सा करके एक ओर हट जाती है। दरियाशाह रुककर उससे कहते हैं।]

दरिया : क्या बेच रही हो बीबी!

अमीना : (**बात की चोट से झुंझलाकर**) अपने मियां के हाथ-पांव बेच रई ऊं, लोगे?

दरिया : दिखाओ तो सही। पसंद आ गये तो ले लेंगे।

अमीना : लो, देख लो।

[गुस्से में थैला पटक देती है। औज़ार बिखर जाते हैं। देखकर दरियाशाह कहता है।]

दरिया : सुभान अल्लाह! (**क़तरा से**) देखो जी, फ़ौलाद के हैं इसके मियां के हाथ-पांव। ये तो बड़े काम की चीज़ें हैं। मेरे पास औज़ार थे भी नहीं।

(**अमीना से**) बोलो बीबी! क्या लोगी इनका?

अमीना : (**दुखी**) जो जी में आये वो दे दो जल्दी से।

दरिया : उन्हें ख़रीदने लायक़ तो रक़म है नहीं हमारे पास।

अमीना : (**चिढ़कर**) फिर पूछा ई क्यों था बड़ा मूं करके कि क्या लोगी?

दरिया : उधार देती हो तो दे दो।

अमीना : (**रोनो होकर**) मियां! क्यों रस्ता खोटा करते ओ दुखियारी का? उधार दे दूं, तो पेट के गड्डे कैसे भरूंगी अबी की अबी?

दरिया : तो किराये पर दे दो। हर रोज़ एक आदमी की मज़दूरी हम तुम्हें दे दिया करेंगे।

अमीना : (**उलझन में**) मैं तुमें कां ढूंढ़ती फिरूंगी?

दरिया : हम तुम्हें ढूंढ लेंगे। अमीर अली सौदागर का काम लिया है। कहीं भाग थोड़े ही जायेंगे।

अमीना : (**चौंककर**) सौदागर का?

दरिया : हां, क्यों?

अमीना : (**जलकर**) इत्ती-इत्ती बड़ी डाढ़ियां रखाये फिरते ओ, तुमें सरम नईं आई दूसरों की रोजी खसोटते हुए? अल्ला देखता अै भला?

दरिया : हां, बीबी! अल्ला तो देखता ही है। (**क़तरा से**) इन्हें आज की मज़दूरी तो दे दो, कल की कल देखी जायेगी।

[क़तरा ने बीस रुपये अमीना को दिये, तो आश्चर्य से अमीना बोलती है।]

अमीना : मियां ! तुम बावले हो क्या ? ये इत्ती सारी एक मजूरी अै?

दरिया : ये हमारी एक ही मजूरी है बीबी !

[पल्ले में रुपये बांधते हुए अमीना संतोष से कहती है।]

अमीना : मिजे क्या अै। अल्ला तुमें और जादै दे।

दरिया : (**क़तरा से**) औज़ार समेट लो भाई।

[क़तरा ओज़ार समेटने लगा तो अमीना बोलती है।]

अमीना : वो गली के नुक्कड़ पै है मेरा घर। तुमारा इमान तुमारे साथ। पोंचा दिया करना।

[अलीजान की दुकान की ओर जाती है। प्रकाश बंद होता है।]

पीरा का घर

[शाम का प्रकाश होता है। बच्चा सो गया है। पीरा चिलम भरता हुआ गुनगुना रहा है, 'न कोई दोस्त, न कोई यार, दुस्मन सारा सदर बजार।' तभी बाहर से दरिया शाह की आवाज़ आती है, 'अस्सलाम अलेकुम !' पीरा एक अनजानी टोली को दरवाज़े पर खड़ा देखकर आश्चर्य से कहता है।]

पीरा : वालेकम...!

दरिया : (**बाहर से**) हम परदेसी लोग हैं मियां !

पीरा : आओ तो आओ, तमाखू पियो। एक चिलम है मेरे पास।

[दरिया और क़तरा अंदर आते हैं। सब बाहर ही रहते हैं। दरियाशाह बैठ जाते हैं, तो पीरा चिलम देकर कहता है।]

पीरा : लो दम लगाओ।

[दरियाशाह दम लगाते हैं। पीरा उनकी ओर ग़ौर से देखता रहता है। चिलम लौटाते हुए दरियाशाह कहता है।]

दरिया : क्या देख रहे हो ?

पीरा : कुछ नईं, हमारा एक आदमी गैप अै भौत दिन से। कुछ-कुछ ऐसा ई था जैसे तुम हो।

दरिया : मियां ! हम तो परदेसी मेमार हैं।

पीरा : एक ई बात अै। हम बी मेमार अैं।

दरिया : हमने अमीरअली सौदागर का काम ले लिया है।

पीरा : (**चौंककर**) अच्छा ?

दरिया : क्यों, चौंके क्यों ?

[पीरा चुप रहता है।]

दरिया : कुछ बोले नहीं ?

पीरा : चौंक-औंक क्या मियां ! देसी नईं लेंगे तो परदेसी लेंगे ई। इसमें क्या अै ?

दरिया : हमारे पास रहने को जगह नहीं है। तुम कुछ दिन के लिये दे सको, तो बड़ी मेहरबानी हो।

पीरा : (**हंसकर**) अरे, मियां ! म्हैरबानी क्या होती ! काम वो सौदागर का अै नईं, पर तुमने लिया अै, तो ये घर बी सौदागर का ई अै, हम बी सौदागर के भाई हैं। तुम रओ, उसके कोठे में मजे से।

दरिया : (**पुकार कर, बाहर वालों से**) लो जी बन गया काम, जमा ओ डेरा।

[बाहर खड़े हुए साथी अंदर आकर बायें कोठे में जाते हैं।]

दरिया : (**पीरा से**) तुम भी काम करो हमारे साथ। चौगुनी मजदूरी मिलेगी।

पीरा : (**बहुत आश्चर्य से**) चौगनी ?

दरिया : हां।

पीरा : (**सोचकर**) ना, मैं नईं करूंगा।

दरिया : क्यों भला ?

पीरा : बस, है कुछ बात।

दरिया : (**क़तरा से**) देखा मियां !

क़तरा : (**पीरा से**) मियां! चौगुनी भी कम है क्या तुम्हारे लिये?

पीरा : कम नईं अै मिस्तरी! जादे है। मेरा तो आधी का करार है किसी से।

क़तरा : ये तो पागलपन की बात है।

पीरा : (**हंसकर**) तुमने बी पिछान लिया मुजे?

दरिया : (**उठते हुए**) तुम्हारी मर्ज़ी भई।

[दरिया और क़तरा कोठे में जाते हैं। अमीना ओढ़नी में आटे-दाल की गांठें बांधे हुए आती है।]

पीरा : आ गई? (**हंसकर**) मैंने बी इत्ती देर में फुलवाड़ी खिला ली अै।

अमीना : (**आश्चर्य से**) फुलवाड़ी।

पीरा : हां, मैमान ठैरा लिये अैं घर में।

अमीना : (**खीझकर**) अक्कल के अंधे, कन्नी, बसूली दे कै जौ चने लाइ ऊं और तुम हातमताईपने पै उतरे पड़ रये ओ?

पीरा : अरे, त्तेरा भला हो जाये! अरी, कारीगर की औरत हो के तू औजार किसे दियाई सितमगर! अब हम मजूरी काय से करेंगे?

अमीना : (**रुआंसी**) तुम करते ई कां ओ मजूरी? मज़ूरी करके बी क्या बकस दिया तुमने मिजै?

पीरा : पर अब तो तैंने बकसने लायक ई नईं छोड़ा हमें।

अमीना : (**रोकर**) पैसों की पोटली पै औलाद की कसम खवा दी। औजार नईं देती, तो हांडी कैसे चढ़ती चुल्ले पै! अपने पेट की नईं, औरों के पेट की खबर होती, तो मैमार नईं किरायेदार ठैराते तुम घर में।

[कोठे से मठारते हुए दरियाशाह बाहर आये, तो अमीना पर्दे के लिये मुंह फेर लेती है।]

दरिया : (**पीरा से**) बीबी क्यों रो रही है?

पीरा : (**हंसकर**) मैंने तुमसे कोठे का किराया नईं ठैराया, इस मारै रो रई अै।

दरिया : ठीक बात है। लो बीबी! तुम हमसे एक मज़दूरी रोज़ किराये की भी ले लिया करो। **(ज़मीन पर बीस रुपये रखकर)** ये ले जाओ?

[अमीना ने पलट कर दरियाशाह को पहिचाना, फिर रुपयों की ओर देखा और फिर जैसे इजाज़त के लिये पीरा की ओर देखने लगी। पीरा हंसकर कहता है।]

पीरा : ले जा, ले जा, किराया ले कै ई खुस हो जा बंदी!

[अमीना पर्दा किये हुए आगे बढ़ी। रुपये उठाये और लौटती हुई पीरा से बोलती है।]

अमीना : औजर मैंने इनीं को दिये अैं रोजनदारी पै। तुमें ना देने ओं तो ले लो उलटे।

पीरा : **(हंसकर)** बेकूप अै! जो तू ठैरा चुकी वो हम कैसे काट दें? तू औरत है हमारी। **(दरिया से)** क्यों बड़े मियां!

[दरियाशाह हंसते हुए अपने कोठे में जाते हैं। प्रकाश बंद होता है।]

तकिया

[प्रातःकाल का प्रकाश होता है। दरियाशाह की टोली काम शुरू करने को तैयार है। सबरंग छोटी-सी छड़ी हाथ में लिये अपनी जनखानी चाल से देखभाल के लिये बेकार इधर-उधर आ-जा रहा है। दरियाशाह 'मदद' कहकर पुकार लगाते हैं, बाक़ी सब 'किर्दगार' कहकर साथ देते हैं। कारीगरों की हुंकार के साथ दो-तीन कुदालें पड़ते ही प्रकाश बंद होता है।]

पीरा का घर

[शाम का प्रकाश होता है। दरियाशाह व क़तराशाह आते हैं। क़तरा अपने कोठे में जाता है। दरियाशाह पीरा के कोठे के बाहर रुपये रखकर पुकारते हैं।]

दरिया : लो, बीबी! ये आज की दो मज़दूरी।

[कोठे में जाते हैं। अमीना बच्चा गोद में लिये अपने कोठें से बाहर आती है। रुपये उठाकर माथे से लगाती है और फिर अंदर चली जाती है। प्रकाश बंद होता है।]

तकिया

[शाम का प्रकाश होता है। दरियाशाह की टोली काम कर रही है। सबरंग हाथ में रुपयों की थैली लिये एक ओर खड़ा है। पृष्ठभूमि में सूर्यास्त का प्रभाव होता है। दरिया शाह काम छोड़कर पुकारते हैं।]

दरिया : मज़दूरी ले लो भाइयो! शाम हो गई।

[सब सबरंग के पास आते हैं।]

सबरंग : (**धमका कर**) हम कई दिन से देख रहे हैं। इमान से चौगुनी रोज़नदारी लेकर भी काम बड़ी सुस्ती से हो रहा है।

क़तरा : मज़दूरी दे दीजिये दारोगाजी! खामख़ाह रात हो रही है।

सबरंग : ख़ैर, वो तो हम गिनी गिनाई लाये हैं। ये लो, (**देता हुआ**) मगर एक ताकीद किये देते हैं।

क़तरा : हुकुम।

सबरंग : कल सौदागर साहब के साथ बेगम साहिबा ख़ुद आयेंगी पैमाइश के लिये। वक़्त की पाबंदी का ख़याल रहे।

क़तरा : आप रात में खुद यहां रहें, तो हम अपने डेरे पर भी न जायेंगे जनाब!

सबरंग : **(घबरा कर)** हम?...यहां?...इस जिन्नाती माहौल में? लाहौलवला...!

[लचकता हुआ चला जाता है। सब हंस पड़ते हैं। प्रकाश बंद होता है।]

पीरा का घर

[रात का प्रकाश होता है। ढिबरी जली हुई है। अमीना रोटी पका रही है। बच्चा खटोली में सोया हुआ है। दरिया और क़तरा आते हैं। अमीना पर्दा करती है। दरियाशाह उसके सामने रुपये रखकर जाने लगे तो रुपये उठाकर पल्ले में बांधती हुई अमीना बोलती है।]

अमीना : बड़े मियां! तुम आ गये, तो दाना-पानी मिल गया, नईं तो हम फाके से ही मर जाते।

दरिया : मौत ज़िदगी अल्ला के हाथ है बीबी! दाना-पानी अपने-अपने नसीब का। तुम्हारे मियां नहीं दिखाई देते कई दिन से?

अमीना : **(झुंझलाई-सी)** मियां निठल्ला दिख बी जाता, तो क्या था? काम नईं करता, कुछ नईं। तुमारे साथ रोजनदारी पै लग जाता, तो मैं तुमसे घर का भाड़ा ई क्यों लेती? जने कां को और क्यों भटकता फिर रया अै। कबी गफूर गढ़, कबी किकरौली।

दरिया : **(हंसकर, जाते हुए)** सैलानी आदमी है!

अमीना : वैसे तुमें कोई तखलीफ तो नईं अै कोठे में?

दरिया : **(रुककर)** कोठे में तो नहीं; पर रोटी की ज़रा दिक़्क़त है।

अमीना : तो रोटी मैं पका दिया करूंगी मियां जी!

दरिया : ख़ुदा तुम्हारा भला करे, पकाकर मदद पर बांट आया करो, तो लागत के सिवा हम तुम्हें एक मज़दूरी और दे दिया करेंगे।

अमीना : दो तो, ना दो तो, रोटियां मैं पौंचा दिया करूंगी।

कतरा : (**दरिया से**) वो बात भी पूछ लीजिये, मानें तो—

अमीना : क्या?

दरिया : बात ये है कि हम लोगों के पास अपने पैसे रखने को जगह नहीं है। हम सोच रहे थे कि जो है वो और जो मिले वो, सब तुम्हारे पास ही रखते जायें। जब यहां से जायें तब ले जायें।

अमीना : (**हंसती-सी**) एल्लो, इसमें पूछना क्या था?

दरिया : (**क़तरा से**) बस तो सब इन्हें सौंपते जाओ मियां!

[अपने कोठे में जाते हैं। प्रकाश बन्द होता है।]

तकिया

[दोपहर का प्रकाश होता है। दरियाशाह की टोली के कुछ कारीगर कहीं खंदक भर रहे हैं, कुछ इस तरह नाप तोल कर रहे हैं, जैसे कहीं-कहीं हाथ-दो-हाथ दीवारें उठ आई हों (**माइम**) तभी कुछ लोगों के हंसने और आपस में बातें करने की आवाज़ सुनाई देती है। सब सीढ़ियों की ओर देखने लगते हैं। सीढ़ियों से पीरा और बुंदू के पीछे सब बगदारी कारीगर आते हैं। **(सरफू नहीं)** आते ही पीरा दरियाशाह से कहता है।]

पीरा : सलाम बड़े मियां!

दरिया : वालेकुम सलाम!

पीरा : बड़े मियां! तुमें अब काम छोड़ना पड़ेगा।

दरिया : (**आश्चर्य से**) क्यों भई ?

पीरा : यां पे हमारा काम लगेगा। हमारा माल आ पौंचा है नीचे।

दरिया : मगर भई हम तो सौदागर साहब के हुकम से काम कर रहे हैं। हम तुम्हारे कहने से कैसे काम छोड़ दें ?

पीरा : सौदागर का हुकुम यां नईं चलेगा। ये जगै दरिया साह की है। हम सब उससे आधी मजूरी ले रखे अैं और मैं चौकीदार हूं ह्यां का।

क़तरा : भई, ये तो झगड़े की बात है मिस्त्री !

दरिया : (**क़तरा से**) झगड़ा-वगड़ा इनसे क्या है मियां ! (**पीरा से**) तुम ऐसा करो कि सौदागर आज यहां खुद आने वाले हैं। काम देखने। उन्हें आ जाने दो। उनसे बात करके फ़ैसला कर लेना।

पीरा : (**बुंदू से**) क्यों चचा !

बुंदू : चल यों ई सई। आ जाने दे उस बेईमान के बच्चे को !

[बाईं ओर की पगडंडी से गोद में बच्चा और सर पर रोटियों का टोकरा लिये अमीना आई, तो आश्चर्य से बुंदू पीरा से कहता है।]

बुंदू : ये कौन आईं ?।

पीरा : (**असमंजस में**) अै तो किकरौली वाली।

[अमीना की ओर देखता हुआ पीरा एक खंदक के पास जा बैठा। बुंदू सीढ़ियों की ओर जाकर नीचे को पुकारकर कहता है।]

बुंदू : अबी लदान मत उतारना बे गधे वालो !

[अमीना को देखकर दरियाशाह पुकारकर अपने साथियों से कहता है।]

दरिया : रिज़क़ आ गया बंदो ! तब तक तुम भी टुकड़ा डाल लो पेट में।

[वे लोग भी औज़ार छोड़कर कहीं पीछे की ओर जा बैठते हैं। अमीना अकेले बैठे हुए पीरा के पास गई और बिना

उससे बोले एक कपड़ा ज़मीन पर बिछाने लगी। पीरा पूछता है।]

पीरा : क्या लाई है?

अमीना : रोटी।

पीरा : किसकी ?

अमीना : परदेसियों की। मैंने ठेका लिया अै उनकी रोटी का।

[अमीना ने बच्चा बिछे हुए कपड़े पर लिटा दिया और टोकरा उठाकर बोलती है।]

अमीना : देखते रैना। मैं रोटी खुला आऊं कमेरों को।

[पीछे की ओर कहीं बैठी हुई दरियाशाह की टोली की ओर चली जाती है। तभी सीढ़ियों से मीरा, रौनक़, अल्लाबंदा, सबरंग और अलीजान आते हैं। सरफ़ू ने रौनक़ के ऊपर छत्री तान रखी है। ये सब लोग सामने की ओर आते हैं, तभी बच्चे को सोता छोड़कर पीरा लपका हुआ मीरा के पास आकर कहता है।]

पीरा : मीरा ! सौदागर भाई !

मीरा : (**चिढ़कर**) तू ह्यां क्यों आया है बे गधों की पलटन को ले कै ?

पीरा : (**हंसकर**) अरे, तुजे खंबर नईं अै कि यां तकिया बनेगा ?

मीरा : तक़िये के लगते ! ह्यां रौनक म्हैल बन रया अै हमारा।

पीरा : (**आश्चर्य से**) रोनक म्हैल कैसेब न जायेगा भाई ! जग्गै तो फकीर की अै। (**बुंदू से**) क्यों चचा !

बुंदू : हमारी जानिस्त में तो फकीर की ई है और हम नौ कम सौ बरस के हैं।

मीरा : (**गुस्से में**) तुम नौ उप्पर सौ बरस के होगे, तो बी हमारा म्हैल बनेगा ह्यां।

पीरा : सौदागर तू कोई बावला तो अै नईं। सबको खबर अै कि धरती दरिया साह की है।

मीरा : अबे, तू कौन अै दरिया साह का ?

पीरा : मैं चौकीदार ऊं उसका।

मीरा : (**झल्लाकर**) जब हम कै चुके कि हमारे और उसके बिच में तै हो चुकी अै परदेस में, फिर?

पीरा : अपने उसके बिच की तू जाने। अपने उसके बिच की हम जानें। हम जुम्मेवर आदमी हो कै खुद्द अपने भाई को दूसरे की धरती पै कब्जा कैसे कर लेने देंगे? (**बुंदू से**) क्यों चचा!

बुंदू : वाव्वा बे पीरा पागल! वाव्वा है तेरी जनती पै! (**मीरा से**) और नालत है बे अमीर अली तेरी पैदा करने वाली पै! डूब मर इस पागल के पिसाब में।

मीरा : (**भड़ककर**) तुम कौन ओ जी बिच में गाली-गलौच करने वाले?

बुंदू : (**बहुत भड़ककर**) हम? (**लाठी उठाकर**) हम तेरे बाप हैं। हरामी के नुत्फे! तु हमको नईं पिछानता?

[लाठी मारने को मीरा की ओर बढ़ा तो एकदम उसकी लाठी पकड़ता हुआ अलीजान चिल्ला उठता है।]

अलीजान : अड़े अड़े अड़े, जड़ा गम खाओ बुंदू मियां! गम खाया कड़ते हैं।

[बुंदू को खींचकर एक ओर ले जाता है।]

पीरा : (**रौनक़ से**) भाबीजान! मक्कान तो तेरा मैं ह्यां बनने नईं दूंगा।

[रौनक तमतमा कर सरफ़ू को धकेलकर चिल्लाती है।]

रौनक़ : हटाओ छत्री!

[सरफ़ू छत्री बन्द करके जल्दी से हटा और तभी अल्लाबंदा पीरा से बोलता है।]

अल्लाबंदा : कसम से! पीर अली! अपने बड़े भाई की जरा बात तो सुनो ग़ौर से।

[उसे पकड़कर मीरा के पास ले जाता है।]

रौनक : (**दांत किचकिचाकर**) इस कमबख़्त दो कौड़ी के मज़दूर की

ये मजाल ?

सबरंग : इमान से बानो ! तुम्हारा तो अब पांव भारी होने वाला है। तुम दिल भारी क्यों करती हो ?

[उसे पकड़कर ख़ंदक की ओर सोते हुए बच्चे के पास ले जाता है। बच्चे पर नज़र पड़ते ही दोनों एकदम चौकन्ने से होकर आपस में कुछ इरादे करते हैं। इन इरादों से बेख़बर पीरा, मीरा, बुंदू, अलीजान और अल्लाबंदा आगे की ओर खड़े हुए बातें कर रहे हैं।]

अलीजान : अलीजान का कौन ये है के फकीड़ के आने तक पीड़अली को गम खाना चैये।

बुंदू : (**उखड़कर**) पीड़अली क्यों गम खा जाये बे ? उसका ठेका है। उन्ने साई ले रक्खी है। बात इंसाप की होनी चैये। धरती मीरा की है ई नईं।

[इसी झगड़े की बातचीत पर पृष्ठभूमि में रौनक़ अचानक तेज़ी से ठोकर मारकर सोते हुए बच्चे को ख़ंदक में गिराकर एक ओर चली जाती है और पीछे से सबरंग एक फावड़ा उठाकर उस पर दबादब रेती डालकर रौनक़ की ओर जाता है। बुंदू की बात के जवाब में मीरा कहता है।]

मीरा : हम हजार दफै कै चुके कै फकीर हमें परदेस में मिला था। उसने तकिया बेच दिया हमें। ढेर की ढेर रक्कम चुकाई अै हमने।

पीरा : तो तकिया बनाने को उन्ने हमें क्यों लगाया ? दूसरी पोटली क्यों दी रुपियों की ? उसी दिन जिद्दिन तू आया अै।

मीरा : बदमास अै वो फकीट्टा ! लड़वाना चाहता अै अमें। डाकू अै पक्का !

[इन बातों के बीच में ही पृष्ठभूमि में परदेसियों को रोटी खिलाकर अमीना ख़ंदक के पास आती है और वहां बच्चा और पीरा किसी को न पाकर तेज़ी से पीरा के पास आती है और उसकी गोद में भी बच्चा न देखकर घबराकर उससे

पूछती है।]

अमीना : मियां! बच्चा कां अै?

पीरा : व्हंई होगा, जहां मैं बैठा था।

अमीना : अरे, वां नईं अै कलंदर!

पीरा : (**आश्चर्य से**) नईं अै? तो भाबी आई अै, उससे पूछ। उन्ने उठा लिया होगा खिलाने को।

[अमीना पलटकर इधर-उधर देखती है। रौनक़ दिखाई नहीं देती, तो बेतब होकर पुकार उठती है।]

अमीना : बी रौनक़!...बेगम!...ओ सौदागरनी! कहां हो तुम?

[एक ओर से रौनक़ और सबरंग निकलकर सामने आये, तो अमीना झपटकर पूछती है।]

अमीना : बी मेरा बच्चा—मेरा बच्चा लिया है तुमने वां से?

रौनक़ : (**आश्चर्य से**) बच्चा?...ऐ लो, मैं तो खुद तुमसे पूछने वाली थी कि बच्चा कहां है?...'कहां था?

अमीना : (**बहुत घबराकर रुआंसी**) वां बैठा था उसका बाप, व्हंई लिटाया था मैंने।

रौनक़ : ऐ, लो वहां से कहां जायेगा? देखो तो सबरंग भाई!

सबरंग : (**पुकार कर**) भई, पीर अली का बच्चा लिया है किसी ने?... यहां पीर अली का बच्चा उठाया है किसी ने?

[अपनी-अपनी जगह से देसी-परदेसी, सबके सब बच्चा, बच्चा, कहकर हर कोने में बच्चा तलाश करने लगे। अमीना सारे तकिये पर बच्चा, मेरा बच्चा! पुकार कर पागल की तरह इधर से उधर भाग-दौड़ करने लगी। तभी रौनक़ अचानक विलाप कर उठती है।]

रौनक़ : ऐ, ख़्वाजा! मैं लुट गई। ऐ, मैं तो उसे गोद बिठाने वाली थी। ऐ, कोई हमारा लाल ढूंढ दो! हम मालामाल कर देंगे उसे।

[अमीना ने पत्थर पर सिर दे मारा और ज़ार-ज़ार रोती हुई बोलती है।]

अमीना : हाय मेरा बच्चा ! मेरा बच्चा ! मेरा बच्चा !

पीरा : **(उसके पास जाकर)** अरी, ऐसे क्यों कर रई अै नैदान ! बच्चा कां जायेगा तेरा ?

[लहूलुहान चेहरा उठाकर अमीना पीरा पर फट पड़ती है।]

अमीना : इसी करमफूटे को सौंपा था मैंने बच्चा ! तो ये दुस्मन उसे छोड़ के उठियाया वां से। इसी से लूंगी मैं अपना बच्चा।

[इसी के दौरान पीछे से आकर दरियाशाह और क़तराशाह एक ओर खड़े हो जाते हैं। अमीना की बात सुनकर रौनक़ पुकारकर बोलती है।]

रौनक़ : ऐ, मैं समझ गई कहां गया बच्चा ऐ, इस मुए पीर अली को ये यह ख्याल था कि बच्चा उसका नहीं है, हरामका है। हये-हये-हये, ग़ज़ब हो गया लोगो ! कम्बख़्त ने औरत से बदला लेने के लिए बच्चा खपा दिया कहीं।

[एक झटके में अमीना का रोना रुक गया। उसने आंखें फाड़कर पीरा की ओर देखा। पीरा लड़खड़ाकर दो कदम चला और गिरने की तरह बैठ गया। बुंदू अपने साथियों की ओर मुंह करके बोलता है।]

बुंदू : तोबा ! तोबा ! तोबा ! क्या कै रई अै ये औरत।

[दरियाशाह धीरे से क़तराशाह से बोलते हैं।]

दरिया : औरत देखी शाहज़ादे !

क़तरा : देखी हुज़ूर !

दरिया : ध्यान से देखना, देखने की बात है।

[रौनक़ पुकारकर बगदारियों से कहती है।]

रौनक़ : ऐ, देख क्या रहे हो सारे के सारे ? यह जहां बैठा था पीर अली, वहीं कहीं खोद-खाद कर देखो, सब पता चल जायेगा।

बुंदू : **(गुस्से से भड़ककर)** चल, तेरी ई हो जाए आज। खरी-खोटी जांचने के लिये हम बिना मजूरी खोदेंगे। जो बच्चे की ल्हास मिल गई, तो पीरा को जीता दबा देंगे और नई मिली, तो तेरी

कबर चिन देंगे।

[बुंदू झपटकर ख़ंदक पर पहुंचा और उसने खोदने के लिए वही फावड़ा उठाया कि अचानक बिजली की तरह झपट कर अमीना उसके सामने जा पड़ी और फावड़ा रोकने के लिये दोनों हाथ उठा कर घिघिया पड़ती है।]

अमीना : मिजे नईं चैये, मिजे नईं चैये, मिजे बच्चा नईं चैये, मिजे सबूत नईं चैये, मिजे कुछ नईं चैये।

[बुंदू का हाथ रुका देखकर रौनक़ चिल्लाती है।]

रौनक़ : हाय सौदागर! मैं अब समझी इस जंजाल को। ये तुम्हारे भाई और उसकी जोरू ने मिलकर टोटका मारा है हमारे ऊपर। ऐ, इनकी कोशिश यह है कि मकान बन कर पूरा न हो और हमारा हमल ज़ाया हो जाये।

अल्लाबंदा : कसम से यही बात है।

सबरंग : इमान से! तुमने पकड़ लिया चोर।

[बुंदू झुंझलाकर अमीना से कहता है।]

बुंदू : हट जा री! हट जा आगे से! खुल जाने दे सच-झूठ।

[अमीना भयंकर होकर चीख उठती है।]

अमीना : जब मां को ई अपना बच्चा नईं चैये, तो दुनियां सच झूठ का पता लगाने वाली कौन है काजी!

[झुंझलाकर बुंदू फावड़ा पटककर सीढ़ियों से उतरा चला गया, तो बगदारियों की भीड़ भी उसके पीछे चल देती है। दरियाशाह क़तरा से कहता है।]

दरिया : औरत देखी शाहज़ादे!

क़तरा : देखी मोहतरिम!

दरिया : जिसने औरत को यहां नहीं समझा, वो कहीं नहीं समझेगा।

क़तरा : बजा इरशाद।

[अचानक रौनक़ ने एक उबकाई ली, तो घबराकर सबरंग मीरा से बोलता है।]

सबरंग : दूल्हा मियां! इमान से आप बानो को तो ले चलिये यहां से।

अल्लाबंदा : हमल की हालत में कोई और हादिसा हो गया, तो कसम से! इस बग़दाद का वो लुक़मान हकीम काम नहीं आयेगा क़तई।

[मीरा जल्दी से रौनक़ की बांह थामकर चला। सरफ़ू ने पीछे से छत्री तान दी और चारों सीढ़ियों से उतरकर चले गये। बेहाल, लहूलुहान, लुटी हुई-सी अमीना अपनी जगह से उठकर लड़खड़ाती-सी चलकर सिर झुकाये बैठे पीरा के पास जाकर बैठ गई और उसके घुटने में उंगली छुआकर रोती हुई बोलती है।]

अमीना : मिस्तरी!

[पीरा ज्यों का त्यों बैठा रहता है।]

अमीना : तुजे मिज पै वैसा सुभा है?

[पीरा ने इनकार में गर्दन हिलाई।]

अमीना : जो हो गया, सो हो गया पीरा! तू डर मत। मैं किसी को तुस्से आंख बी नईं मिलाने दूंगी। तू मजूरी कर या मत कर। मैं तुजे अपना रोना बी कबी नईं सुनाऊंगी। तू घर चल!

पीरा : घर कैसे चलूं अमीना! मेरी चौकीदारी में चोरी हो रई अै।

अमीना : (**रोती हुई**) अरे, मियां! सबकुछ लुटा के कैसे रऊंगी मैं इकली?

पीरा : (**उसके सिर पर हाथ फेरकर**) रो मत। बच्चे की तो ये है कि मुजे खबर नईं, वो कां गया और घर तो मैं अब दरियाबाबा को ढूंढ कै ई आऊंगा।

[पीरा खड़ा हो गया। अमीना भी रोती हुई खड़ी हो जाती है।]

क़तरा : (**धीरे से, दरिया से**) रोकूं बड़े मियां!

दरिया : रोक देखो।

क़तरा : (**पीरा से**) मियां पीरअली! अकेली औरत को मुसीबत में

छोड़कर तुम किसी के लिये क्यों हैरान होते हो परदेस में?

पीरा : अजी, परदेस की हिरियानी तो झेल लूंगा मिस्त्री! हिरियानी तो ससुरी ह्यां की जबरजस्त है। जाता ऊं, उसे ढूंढे बिना अब काम नईं चलेगा।

[पीरा सीढ़ियों की ओर जाता है और रोती हुई अमीना बाईं पगडंडी की ओर।]

दरिया : (**हंसकर**) ज़मीर की आवाज़ पर चलने वाले रुका नहीं करते क़तराशाह!

[प्रकाश बंद होता है।]

मंच का अग्रभाग

[दिन का प्रकाश होता है। नेपथ्य से गाने की आवाज़ आती है:

मुझको कहां ढूंढे बंदे, मैं तो तेरे पास में,

पीरा बाईं ओर से इधर-उधर देखता हुआ आता है। बीच मंच तक आकर आंखों पर हाथ रखकर दर्शकों की ओर भी दूर तक देखता है। गाने की आवाज आती रहती है :

ना मंदर में, ना महजत में, ना काबे कैलास में।
ना बस्ती में, ना जंगल में, मेरी पुरी मवास में,
मुझ को कहां ढूंढे बंदे, मैं तो तेरे पास में।

पीरा देखता ढूंढता हुआ दाईं ओर को चला जाता है। प्रकाश बंद होता है।]

दुमंजिला

[शाम का प्रकाश होता है। मीरा अकेला चिलम में दम मार

कर बुरी तरह खांसता हुआ बार-बार कमरे के उढ़के हुए दरवाजे की ओर देखता है। अचानक अंदर से रौनक़ के कराहने-चिल्लाने की आवाज़ें आतीं हैं, 'हाय अल्ला! मेरे ख़्वाजा। हाय अम्मीजान! हाय मैं किस बला में फंस गई!' चीख़ों से बेचैन होकर मीरा कमरे में जाने को लपकता है। दरवाज़ा खुलता है; पर खुलते ही अल्लाबंदा अंदर से मीरा को ज़ोर से पीछे धकेल देता है। मीरा बहुत ज़ोर से ज़मीन पर गिर पड़ता है। किवाड़ों के बीच से सिर्फ़ चेहरा निकालकर अल्लाबंदा ग़ुस्से से कहता है।]

अल्लाबंदा : कसम से! ये क्या हरकत की आपने?

मीरा : (**पड़ा हुआ, खिसियाना**) चचा! हम उनका हल्ला सुन के हौल खा गये कै एक दफै देख तो लेते।

अल्लाबंदा : मियां! पीर फ़कीरों का दिया हुआ हमल है। शौहर का तो साया भी नहीं पड़ना चाहिये। इस तरह तो गज़ब कर देंगे आप।

[दरवाज़ा बंद कर लेता है। तभी सीढ़ियों से चढ़ता हुआ सबरंग आता है।]

सबरंग : यह आप ज़च्चाख़ाने के दर पे क्यों पड़े हैं?

मीरा : (**उठता हुआ कराहता-सा**) कां तलक आ गई इमारत?

सबरंग : इमारत तो पूरी होने के क़रीब है। मगर कैसे जुबानदराज़ कारीगर हैं। इमान से!

मीरा : क्या हुआ?

सबरंग : हमने काम में नुक़्स दिखलाया, तो कहते हैं कि रात में आकर बिना मज़दूरी ठीक कर जायेंगे। जैसे रौनक़ महल के मालिक कोई कंगाल हों। लाइये, रकम निकालिये कल के लिये।

मीरा : (**झुंझलाकर**) यार! तुम से पचासों सौइयों दफे तो कै दिया कै हात खैंच के काम करो। सुसरी रक्कम ई रक्कम!

सबरंग : (**चौंककर**) अच्छा?—इमान से इस तरह कहीं महल का मक़बरा न बन जाये!

[जाकर दरवाज़ा खटखटाता है। दरवाज़ा थोड़ा-सा खुलता है। सबरंग अन्दर जाकर फिर बन्द कर लेता है। मीरा चिंता से थक-टूटकर तख़्त पर बैठ जाता है। तभी घूंघट निकाले हुए अमीना ऊपर आती है। मीरा चिढ़कर कहता है।]

मीरा : क्या है भई, कौन हो?

अमीना : (**सख्ती से**) मैं ऊं किकरौली वाली। तुमारे भाई की औरत।

मीरा : (**सिटपिटाकर**) अरे, अमीना!—तू राजी-खुसी अै ना? कैसे आई?

[ओढ़नी के अन्दर से रुपयों की एक पोटली निकाल कर मीरा के सामने रखती हुई अमीना बोलती है।]

अमीना : ये ले लो अपनी दौलत। ये वो अै जिसके वास्ते गलियों में खड़ी करके कैने वालों ने हमे अपनी जरखरीद कहा। हमारे चाल-चलन पै धूल उछाली। इसमें अलीजान पंसारी के भाव से हराम सूद के रुपिये मिला दिये अैं। कै देना अपने लगते-संगतों से के अब हम से कबी टेढ़ी बात करी, तो हम बी सूदे नईं अैं।

मीरा : (**पोटली उठाकर, खिसियाना-सा**) अमीना! हमको बच्चे की भौत रंज अै।—पीरा नईं आया अबी पलट के?

अमीना : (**फटकार कर**) मियां! बच्चा मेरा, खसम मेरा, तुम क्यों हलकान होते हो?

[तेज़ी से चली जाती है। उसके जाते ही रौनक़ का हाहाकार सुनाई देता है।]

रौनक़ : हाय अल्ला! मेरी जान अज़ाब में फंस गई।—हाय मियां की रक़म शुड़ गई। ऐ ये, मकान पूरा न हुआ, तो इस हमल को लेकर कब तक जिंयू गी मैं।—(**जोर से**) चचा! मुझे एक अफ़ीम की गोली खिला दो अपनी में से।

[मीरा बहुत घबराकर पुकार उठता है।]

मीरा : चचा! तुमें अल्लापाक की कसम अै जो अफ़ीम की गोली खुलाओ!—सबरंग तुम बाहर को आओ, हम रक्कम देते अैं तुमें।

[थोड़ा-सा दरवाज़ा खोलकर सबरंग बाहर आया। अमीना वाली पोटली उसे देता हुआ मीरा बोलता है।]

मीरा : लो ये लो।

सबरंग : (**लेकर**) बस इत्ते से? इनसे क्या होगा? चौगुनी के कारीगर हैं।

मीरा : (**खीझकर**) अरे, हां-हां, चौगनी के अैं सुसरे! खबर अै हमें।

सबरंग : साज़-सामान भी हैं ही।

मीरा : जब तलक चले, तब तलक चलाओ, फिर अपनी भैन से ले लेना कुछ।

सबरंग : (**बहुत आश्चर्य से**) इमान से उनके पास रुपये कहां से आये?

मीरा : (**दुखिया कर**) अरे, होंगे भलेमानस!

सबरंग : पूछ देखते हैं हम। (**जाते-जाते रुककर**) दूल्हा भाई! अम्मी जान को बुलवाइये ऐशमंजिल से।

मीरा : (**घबराकर**) अम्मीजान को?

सबरंग : हां, और आपाओं को भी।

मीरा : (**झींककर**) अरे, खर्चे-पानी की बी तो सोच नबाब साब।

सबरंग : लाहौलवला! ऐसे वक़्त ख़र्च में कंजूसी करेंगे आप? आप के हां पहला मौक़ा है इमान से! अम्मीजान नहीं आईं, तो बानो की ज़चगी कैसे होगी?

मीरा : (**तंग होकर**) अरे, बगदार में बी तो अै दाई-दवाई। हकीम करवा देगा लुकमान। उसके बी तो जच्चकी होने वाली अै।

सबरंग : (**एकदम चौंक कर**) इमान से!

मीरा : और नईं तो? चौथी लुगाई से है।

सबरंग : (**सहज होकर**) बड़ी ख़ुशी की बात है; लेकिन बानो की ज़चगी क्या यहां की दहकानी दाइयां करायेंगी? लुक़मान तो भेड़-बकरियों के हकीम हैं मियां! आपके हां लिल्ला ही ज़चगी है।

मीरा : (**मजबूर**) लिख तो फिर हमारी तरफ से। हम अंगूठा लगा देंगे।

सबरंग : हम नामा लिख देंगे, आप फ़िक्र न करें। आप तो बस रकम का इंतिजाम रक्खें। ऐसा न हो कि उधर तामीर रुक जाये और इधर इमान से हमारी हमशीरा क़िल्लत में पड़ जायें।

[अन्दर जाकर दरवाजा बन्द कर लेता है। मीरा चिंतित होकर सीढ़ियों से उतर-कर चला जाता है। ज़रा देर बाद सबरंग और अल्लाबंदा दरवाज़ा खोलकर झांकते हैं और मीरा के न होने की ख़ातिरजमा करके बाहर आकर धीरे-धीरे बातें करने लगते हैं।]

अल्लाबंदा : इसे ख़तरे की घंटी समझो सबरंग!

सबरंग : जब सौदागर की नज़र हमारी ज़ाती जमापूंजी पर पड़ ही गई, तो इमान से ख़बरदारी लाज़िम है।

अल्लाबंदा : कसम से! हम सिर्फ़ तीन हैं और बगदारी बहुत हैं।

[दुलाई ओढ़े और एक संदूक़ची हाथों में लिये हुए रौनक़ जल्दी-जल्दी कमरे से बाहर आई और संदूक़ची उनके सामने रखकर बोलती है।]

रौनक़ : लो, सारी-की-सारी अशर्फ़ियां, ज़ेवर, गहना, सब इसमें भर दिया है। रातों-रात ले जाकर उस नये मकान में दबा आओ कहीं। फिर तो सब अपना ही है।

सबरंग : इमान से! क्या लाजवाब तरकीब सोची है रौनक़ ने।

अल्लाबंदा : इनकी अम्मीजान को दी हुई हमारी तमाम तालीम कसम से! इन्हीं के हिस्से में तो आई है। (**सबरंग से**) चलो, उठाओ।

[सबरंग उठाता है। दोनों सींढ़ियों की ओर जाते हैं। रौनक़ कमरे में जाती है। प्रकाश बंद होता है।

अलीजान की दुकान

[लालटेन जली हुई है। रात का उतना ही प्रकाश होता है। दुकान के पहरे पर चिंताग्रस्त मीरा अलीजान के पास बैठा हुआ चिलम पी रहा है। उसे गुमसुम देखकर अलीजान कहता है।]

अलीजान : कैसा जी अै सौदागड़ ! मालूम कैसे होड़ ये ओ?

मीरा : अलीजान भाई ! हम ऐसी मुसीपत में फंस गये अैं कि तुमारे सिवाय और किसी से कै नईं सकते।

अलीजान : कओ तो कओ ! अलीजान आधीड़ात हाजड़ है याड़ों के वास्ते।

मीरा : हमारी इमारत तो अधबिच में अै और जमा हमारी उधारी में दब रई अै।

अलीजान : (**चौंक कर**) ऐं ? (**हालत ताड़ कर**) अड़े याड़ ! अलीजान भी इसी बात पे ड़ा ड़या अै ड़ात-दिन। जो सौदा ले जाता , अै वो दाम नईं देता, जो नकदी ले जाता अै, वो पलट कै नईं आता सुसड़ा।

मीरा : तुम हमें कुछ रक्कम उधारी दे दो, तो हम तुमें जो कौगे वो मुनाफा दे देंगे।

अलीजान : सौदे-सुलफ के भी हजाड़ों चढ़ा लिये अैं साले साब ने ! खुसड़मियां के गांजे के हिसाब में दो हाथ लंबी बही भड़ गई, मकान का किड़ाया-भाड़ा भी ड़ुका पड़ा अै। अलीजान औड़ कैसे कै।

मीरा : (**गिड़गिड़ाकर**) हमें कोई रास्ता बताओ अलीजान भाई।

अलीजान : ड़स्ते की तो ये अै के तुम्हें क्या फिकड़ है। तुमाड़ा तो दादेलाई

घड़ मौज़ूद है।

मीरा : (**एकदम सहारा पाकर**) ऐं?

अलीजान : घड़ बेच डालो, औड़ किस बखत काम आवेगा?

[मीरा फ़ौरन उठकर जाने लगा, तो अलीजान बोलता है।]

अलीजान : माफ कड़ना अमीड़अली, वो साड़े बाड़ै दे देते, तो अलीजान का हात जड़ा भौत ढीला हो जाता इस तंगी में।

मीरा : (**चिढ़कर**) एक-एक असरपी भुनाने में जने कित्ते रुपिये तो कटौती के खा गया तू! साड़े बाड़ै की नादरसाई जब से यों ई लटक रई अै तेरी?

अलीजान : (**हंसकर**) हिसाब कौड़ी-कौड़ी का औड़ बकसीस हजाड़ों की भाई साब!

मीरा : बड़ा आया हिसाब का...।

[मीरा बड़बड़ाता हुआ दुमंजिले की ओर जाता है। अलीजान, 'या पड़वड़दिगाड़' कहकर लालटेन बुझाता है। प्रकाश बन्द होता है।]

तकिया

[अंधेरी रात का बहुत धुंधला-सा प्रकाश होता है। रौनक़ महल की पूर्णता की ओर अग्रसर होने के प्रतीक स्वरुप एक बिना किवाड़ों का दरवाज़ा सामने की ओर लगा हुआ है। गीदड़ों की आवाज़ों से वातावरण भयानक है। भयभीत अल्लाबंदा और सबरंग खोदे हुए गढ़े में संदूक़ची रखकर, मिट्टी भरकर गढ़ा इकसार करने के लिए उसपर कूदने लगते हैं। तभी किसी के हंसने की आवाज़ आती है। अल्लाबंदा डरकर चीख उठता है।]

अल्लाबंदा : या अल्ला! जिंनात!!

[सबरंग घिघियाकर उससे लिपट जाता है, फिर ज़ोर से

हंसने की आवाज़ आती है, तो दोनों कुलांच मारते, गिरते-पड़ते दरवाज़े से निकलकर सीढ़ियों की ओर भागे चलें जाते हैं। पल-भर बाद ही दरियाशाह और क़तराशाह दरवाज़े से निकल कर बाहर आते हैं।]

दरिया : देखा, शाहज़ादे!

क़तरा : (**हंसता-सा**) देखा, बंदानवाज़!

दरिया : यह दौलत का दरिया इस वक़्त रवानी में है। इसे लौटकर समंदर में मिलने से कोई ताक़त नहीं रोक सकती। हक़दारों की प्यास बुझाने के सिवा यह सबका मटियामेट किये बिना रह नहीं सकता। यह निज़ामे इलाही है।

क़तरा : बजा इरशाद।

दरिया : लेकिन तुम्हें-हमें क्या है। तुम उस ख़राबी पर नज़र डालो, जिसे बिना मज़दूरी रात में ठीक करने का मीर मुंशी से वायदा किया था।

क़तरा : काम तो हुज़ूर सब ठीक-ठाक डोरी गुनिये में है। मैंने तो अर्ज़ किया था कि फ़िज़ूल है रात-बिरात में जाना।

दरिया : चलो तो फिर, बेकार ही तकलीफ दी तुम्हें!

[दोनों जाते हैं। प्रकाश बन्द होता है।]

पीरा का घर

[प्रातःकाल का प्रकाश होता है। अमीना कुल्हाड़ी से एक भारी-सा जलाने का लक्कड़ काट रही है। दरवाज़े पर आकर मीरा मठारता है। अमीना पलटकर देखती है और पीठ फेरकर कड़वाहट से कहती है।]

अमीना : कुछ कसर रै गई क्या सूद-ब्याज में?

मीरा : अरी, सूद-ब्याज की क्या चल रई औ इस बखत?

[अन्दर आकर खाट पर टिककर सिटपिटाया-सा मीरा

बोलता है।]

मीरा : पीरा नईं आया। जने कां चला गया?

अमीना : नसीब की बात अै। मेरे अगले-पिछलों में कोई तो अै मेरी खबरगीरी रखने वाला।

मीरा : इकल्ली औरत को छोड़ कै उसे जाना नईं चैये था।

अमीना : आ जायेगा, जब अल्ला उसे अकूप देगा। उसकी छोड़ो। तुम ये बताओ कै अब दुमंजले के आगै नौबत कद बजेगी?

मीरा : बस ये ई तो बात अै। कद बजैगी? हम इसी फिकर में मरे जा रये अैं।

अमीना : (**हंसती-सी**) इसमें तुमें क्या फिकर अै?

मीरा : (**झल्लाया-सा**) फिकर ये अै कि वहां किसी नजूमी-जनूनी की आन लगी पड़ी अै कै जिद्दिन म्हैल चिन कै पूरा हो, उसी दिन औलाद पैदा हो।

अमीना : (**चौंककर**) या अल्ला!

मीरा : नईं तो ह्वां की ह्वईं रुकी रै।

अमीना : (**आश्चर्य से**) ऐसे कैसे रुकी रैगी?

मीरा : बेजरुर रुकी रैगी, पेसगोई अै।

अमीना : तो म्हैल चिनवाओ जल्दी-जल्दी।

मीरा : (**झींककर**) चिनवावें कैसे? इधर हमारी रक्कम टूट गई, उधर वो हाय-बैला मचा रई अैं। सो हमने ये सोचा अै के हम ये मक्कान बेच डालें।

[अमीना पर्दा छोड़कर मुंह सामने करके मीरा की ओर देखती है और तमतमाकर बोलती है।]

अमीना : हूं ऊं हूं! जबी तो मैं कऊं कै अल्ला! सौदागर मिज कंगली के दरवज्जे पै कैसे! मियां! ये मत समज बैठना के किकरौली वाली के औलाद नईं रई, तो वो बेवा बी हो गई अै। अल्ला म्हैरबान अै। बच्चे का बाप जिंदा अै और मक्कान में उसका बरब्बर का हिस्सा अै। मक्कान दादेलाई अै। तुम अकेले कैसे बेच लोगे इसे? ये क्या कोई फकीर

का तकिया समजा अै तुमने ? हिस्सेदार लौट के आ जाये, तो बेच दे या फूंक दे। जब तलक किसी ने इस पै तिरछी नजर डाली, तो पुतलियां लिकाल कै लीतड़ों से कुचल दूंगी, ये ध्यान रै !

[कुछ क्षण तो मीरा सन्नाटे में बैठा रहा और फिर यका-यक बच्चे की तरह फूट-फूटकर रो पड़ता है।]

मीरा : पूरे दिन चढ़ रये अैं। जच्चकी का टैम आ गया। पैल का बखत अै। पीर-फकीर की आन-कौल पूरा करे बिना होगी नईं। कुछ उलट-पुलट हो गया, तो झैर की पुड़िया खाके सो जाऊंगा।

[मीरा के रोने से दुखी होकर अमीना ज़मीन पर बैठ गई। उसकी ओर देखती रही, फिर बोलती है।]

अमीना : तुमने बुराई करने में कुछ कसर तो छोड़ी नईं अै; पर तुमारी करनी तुमारे साथ, मेरी मेरे साथ। कोठे में रुपियों के हंडे भरे धरे अैं। अपने गोद के बच्चे के सदके में एक अटकी हुई औरत के पेट के बच्चे के वास्ते दे रई ऊं। इनें ले जाओ। खुदा को हाजर-नाजर जान के जां तलक भरे हुए हैं, ह्वईं तलक भरके लौटाल देना, जल्दी-से-जल्दी। ये मेरे नईं अैं।

[मीरा उत्तेजित होकर खड़ा हो जाता है।]

मीरा : किकरौली वाली ! हम तुजे दूना नफा देंगे इसका।

अमीना : (**रोकर**) मियां ! नफा देना ई हो, तो मेरे आदमी के लिए अदावत लिकाल देना जी से। वो तुमारी करनी से घर छोड़ के गया है।...जाओ भीतर।

[मीरा अमीना के कोठे की ओर लपकता है। प्रकाश बन्द होता है।]

तकिया

[शाम का प्रकाश होता है। सबरंग रुपयों की थैली और एक कागज़ हाथ में लिए खड़ा है। दरियाशाह, क़तरा व और सब कारीगर उसके सामने खड़े हैं। दरियाशाह को थैली पकड़ाता हुआ सबरंग कहता है।]

सबरंग : चौगुनी मज़दूरी इमान से! है तो बहुत ज्यादह, मगर यह लो आज की।

[चौकन्ने-से होकर दरियाशाह थैली की ओर देखते हैं और फिर ज़ोर से हंस पड़ते हैं। सबरंग नाराज़ होकर बोलता है।]

सबरंग : बड़े सरकश कारीगर हो जी तुम!

दरिया : कोई गुस्ताख़ी हुई जनाब की शान में?

सबरंग : अमां हमने मज़दूरी दी और आप हंस रहे हैं, हमारे सामने।

क़तरा : आपसे मज़दूरी लेकर क्या रोना चाहिए?

सबरंग : इमान से! एक से बढ़कर एक गुस्ताख़ी।

दरिया : बहरहाल, फ़ेहरिस्त के मुताबिक सामान और भिजवा दें। इसके बाद जनाब की ज़हमतें शुरु और हमारी गुस्ताख़ियां खत्म। चलो, भाइयो!

[सब जाते हैं। सबरंग अकेला आप-ही-आप बड़बड़ाता है।]

सबरंग : अब वल्ला आलम अम्मीजान कब आती हैं? इमान से! इमारत में बच्चा उलझा के रख दिया।

[जाता है। प्रकाश बन्द होता है।]

अलीजान की दुकान

[दिन का प्रकाश होता है। अलीजान थले पर बैठा है। बुंदू दुकान के आगे खड़ा है। अलीजान एक पुड़िया बुंदू को देता हुआ कहता है।]

अलीजान : ये लो तमाखू।

बुंदू : (**देखकर**) ये चार आने का अै बे ?

अलीजान : तुम से चाड़ आने लिये अैं। है जादै का। अकड़ाई-मैंगाई कित्ती हो ड़ई है ?

बुंदू : इस अकराई-मैंगाई के मारे ई दिया होगा तैंने दुमंजला रंडी-मुंडियों को ?

अलीजान : तुम बुजड़ग हो, कुछ भी कओ। बाकी किसी की मस्तूड़ात-मुसमात को ऐसी बात कैनी नईं चैये।

बुंदू : (**चिढ़ा हुआ, अपनी धुन में**) कल तायफा-का-तायफा और आ धमका कईं से। राजगीरों को लिकाल के बगदार में अब रंडी-भड़ुओं को बसायेगा क्या हाजी के पोते !

सरफ़ू : (**आकर**) एक रुपिये का आटा देना अलीजान भाई !

बुंदू : **(सरफू से)** आटे का क्या करेगा बे ! कोढ़ी कुत्ते को बोटी नईं डालती क्या कंजरी ?

सरफ़ू : (**बुन्दू को टालकर, अलीजान से**) बांध के धर देना, मैं ले जाऊंगा।

[जाने लगा तो बुंदू पुकारकर कहता है।]

बुंदू : कुड़क मुर्गी कब अंडा दे रई अै। ये तो बता जा।

[सरफ़ू चुपचाप चला गया, तो बुंदू आप-ही-आप बड़ बड़ाता हुआ बोलता है।]

बुंदू : नौ कम सौ की उमर में ये हमने पैली ई दफै सुनी कि इमारत पर बुर्जी चढ़ै, तो लुगाई बच्चा जने। भारी तिलसम अै सुसरा !

[बुंदू बड़बड़ाता हुआ चला गया। तभी हाथ-पांव में पट्टियां बांधे हुए दुमंजिले की सीढ़ियों से उतरकर कराहता-लंगड़ाता हुआ सबरंग दुकान पर आता है। आश्चर्य से अलीजान कहता है।]

अलीजान : म्यां! ये क्यां हुआ सबड़ंग साब! कल तलक तो अच्छे भले थे ई?

सबरंग : (**बैठता हुआ**) कुछ नहीं मियां! वो अम्मीजान और आपायें आई हैं न कल।

अलीजान : याड़! क्या सवाड़ियां अैं तुमाड़ी! खुदा कसम! सिकड़म में से सुसड़ा कोकाफ उतड़ पड़ा बगदाड़ में; पड़ तुम क्या सिकड़म तले आ गये?

सबरंग : नहीं, मियां! अम्मीजान ज़रा नाराज़ हो गईं।

अलीजान : क्यों?

सबरंग : यही कि बग़दाद में हकीम लुकमान के होते हुए हमशीरा की ज़चगी के लिये उन्हें क्यों बुलाया गया?

अलीजान : भई, बात तो ठीक है उनकी। क्या अंदाज हैं? हमसीड़ा कब दिखावेगीं जहूड़ा?

[बाईं गली से कुछ ज़नख़े, 'ऐ, किसके हुआ बेटा! किसके हुआ बेटा! पुकारते हुए दुकान पर आते हैं। अलीजान कहता है।]

अलीजान : अबे, सौदागड़ कै देड़ है अबी। उधड़ से जाके बायें को मुड़ के हकीम लुकमान का घड़ पूछ लेना। उनके हुआ है।

सबरंग : (**चौंककर**) हो गया?

[ज़नख़े वापिस लौट जाते हैं। उनके जाते ही सबरंग भी उठकर उनके पीछे चला तो अलीजान बोलता है।]

अलीजान : म्यां! तुम कां चले टूटी हड्डियां बांध के?

सबरंग : मुबारिकबादी दे आयें हकीम साहब को, अम्मीजान ने कहा है। कुछ दवा-दारू भी लेते आयेंगे अपनी।

अलीजान : अलीजान की तड़प से बी कै देना मुबाड़क।

[सबरंग जाता है। प्रकाश बंद होता है। अंधेरे में ही ज़नख़ो के तालियां पटका कर गाने की दूर से आवाज़ आती रहती है।]

ऐ बच्चे के गोरे-गोरे गाल,
ऐ घूंघर वाले बाल,
ऐ हो गई मालामाल,
जच्चा नसीबों वाली, मुकद्दर वाली।

[आवाज़ क्रमशः बन्द हो जाती है।]

दुमंज़िला

[दुमंज़िले से पीरा के घर के बाहर तक दिन का प्रकाश होता है। अलीजान दुकान के थलै पर बैठा है। मीरा उसके पास बहुत चिन्ता में पड़ा हुआ कभी बैठता है, कभी उठता है, कभी मुंह उठाकर ऊपर की ओर देखने लगता हैं, कभी दाईं ओर की गली की ओर ताकने लगता है।]

अलीजान : याड़ सौदागड़! ये तुमाड़ी बेगम ने क्या अड़ांस लगा ड़क्खी अै। बच्चा ड़ोक क्यों ड़क्खा अै खामखां में?

मीरा : (**झुंझलाकर**) बेगम का क्या कसूर अै इसमें। कारीगरों की बी खबर आनी चैये।

[तभी दाईं गली की ओर से दरियाशाह व क़तराशाह आते हैं। दरियाशाह मीरा से कहते हैं।]

दरिया : इमारत तैयार है सौदागर साहब! बांस-बल्ली, तोड़े-सुतली और बचा-खुचा सब सामान क़रीने से लगवा दिया है, संभलवा लीजिये। हमारा आपका हिसाब साफ़। खुदा हाफ़िज!

[दरिया और क़तरा पीरा के घर की ओर चले जाते हैं। मीरा दुमंज़िले की ओर मुंह उठाकर पागल की तरह चीख उठता

है।]

मीरा : अजी, म्हैल पूरा हो गया।

[इस पुकार के साथ ही ऊपर से बच्चे के रोने की आवाज़ आती है। मीरा बेताबी से खड़ा-खड़ा पांव बदलने लगता है। तभी दो आपायें कमरे से ऊपर के छज्जे में आकर पुकारकर मीरा से कहती हैं।]

एक आपा : मुबारिक हो दूल्हा भाई!

दूसरी आपा : लड़की हुई है।

[आपायें यह कहकर अंदर चली जाती हैं। मीरा बेतहाशा दौड़ा हुआ जाकर कमरे मैं घुसना ही चाहता है कि तभी उसे धकेलती हुई ऐशबेगम बाहर आकर कहती हैं।]

ऐशबेगम : ऐ, अन्दर कहां घुसे चले जा रहे हो ज़च्चाख़ाने में? रैयत में मुनादी करो कि जुमे के रोज़ मलिकाए रौनक़ाबाद उर्फ बगदार, रौनक़ बेगम रौनक़ महल में क़दमरंजा फ़र्मायेंगी। नौबत बजवाओ ड्यौढ़ी पर।

[अन्दर जाती है। जाते ही अल्लाबंदा और सबरंग अन्दर से आते हैं। दरवाज़ा अन्दर से बन्द हो जाता है।]

अल्लाबंदा : कसम से वा री पेशीन गोई। उधर कारीगर ख़बर देते हैं, इधर औलाद बरामद होती है।

सबरंग : (**मीरा से**) दूल्हाभाई! ख़ैरात बंटेगी उस रोज। इंतिजाम में ख़ामी न रहे इमान से!

मीरा : (**घबराया हुआ**) ख़ैरात?

[धीरे-धीरे सीढ़ियों से उतरने लगता है। प्रकाश बंद होता है।]

पीरा का घर

[दिन का प्रकाश होता है। दूर से ढोलक बजने की आवाज़

आ रही है। अमीना आंगन के कोने में बैठी हुई रो रही है। दरियाशाह और क़तराशाह अपने कोठे से बाहर आते हैं। अमीना को रोता देखकर दरियाशाह पूछते हैं।]

दरिया : तुम रो क्यों रही हो ?

अमीना : (**रोती हुई**) पेट का बच्चा चिड़िया ले कै उड़ गई। बैरी फकीट्टे को ढूंढने घर-बार छोड़ कै खसम चला गया। छाती पै ढोलकी बज रई अै। ना रोने की क्या बात अै?

दरिया : दूसरे की खुशी में भी तो खुश होकर देख भली मानस !

अमीना : (**चिढ़ कर**) समजाने वाले तो एक-से-एक काजी-मुल्ले पड़े अैं दुनिया में। जिसके तन से लगती अै, वोई जानता अै। तुमें क्या अै ? तुम अपना काम देखो।

दरिया : ठीक है तो हमारा काम तो ख़त्म हो गया। हम जा रहे हैं। हमारी अमानत लौटा दो।

[अमीमा रोना-धोना भूलकर एक झटका-सा खाकर खड़ी हो गई। बोली नहीं। दरियाशाह कहते हैं।]

दरिया : हमें जाना है। |

[अमीना दौड़कर कोठे में घुस गई। देर तक लौटकर नहीं आई तो दरियाशाह पुकारते हैं।]

दरिया : देर मत करो, हमें जाना है।

[अमीना सिर झुकाये हुए धीरे-धीरे बाहर आई और दरियाशाह के सामने चुप खड़ी हो जाती है।]

दरिया : लाईं नहीं ?

अमीना : बड़े मियां !

दरिया : क्या बात है?

अमीना : (**कांपती-सी**) बड़े मियां ! मैंने ये बात नईं सोची थी कै तुम इत्ती जल्दी मांग बैठोगे। मैंने वो रक्कम सौदागर को उधार दे दी।

दरिया : (**आश्चर्य से**) सौदागर को ?

अमीना : हां।

दरिया : (**नाराज**) क्यों?

अमीना : उने चिनाई में कम पड़ गये थे।

दरिया : (**बहुत गुस्से से**) जिस चुनाई को रोकने के लिये जिसका मर्द आज भूखा-प्यासा दर-दर भटकता फिर रहा है, उसी को पूरा करने के लिये उसकी औरत ने घर में से रकम निकालकर पकड़ा दी, वो भी दूसरे की? ऐसी औरत को उसका नाम लेकर रोने और दूसरों को बुरा-भला कहने का क्या अख़तियार है?

अमीना : (**फूटकर रोती हुई**) मैंने रक्कम चिनाई के वास्ते नईं दी बड़े मियां! चिनाई के मारै उनकी बेगम का जाया अटका हुआ था, इस मारै दे दी।

दरिया : (**क़तरा से**) देखा जी, देखा तुमने! इस औरत को! सुना ये क्या कह रही है?

क़तरा : (**धीरे से**) जी।

[अमीना घुटनों के बल बैठती हुई बोलती है।]

अमीना : बड़े मियां! मिज से खता हो गई।

दरिया : (**झल्लाकर**) हम नहीं जानते जी ख़ता-वता को। हमारे इतने आदमियों की साल-भर की कमाई है। हम तो भूखे मर जायेंगे। जाओ, मांग के लाओ इसी वक़्त।

अमीना : (**उठकर, गिड़गिड़ाती हुई**) बड़े जी! इस घड़ी उनके सगे उतरे हुए अैं दुमंजले में। उनकी खुसी का बखत अै। मैं कैसे तगाजा लगाऊं उन पै?

दरिया : (**चिड़चिड़ाकर**) हद है भई! ये दुनिया से न्यारी ख़ुदा मालूम किस औंधी अक़्ल की औरत है! (**क़तरा से**) तुम देख भी रहे हो या नहीं?

क़तरा : देख रहा हूं बड़े मियां! ग़ौर से देख रहा हूं।

दरिया : ये तो बड़ा उलझाव पैदा कर दिया इस औरत ने। अब हम क्या करें?

अमीना : बड़े मियां! अनामत लौटाने तलक तुम ह्यांई रओ। मैं तुमसे

किराया मजूरी कुछ नईं लूंगी।

दरिया : (**बहुत नाराज**) बिल्कुल नहीं। हम जाते हैं। जुमे के रोज़ हमारी अमानत लेकर तुम उस इमारत पर आ जाना जो हमने बनाई है। हममें से कोई तुम्हें वहां मिल जायेगा, उसे दे देना। तब तक तुम्हारे मियां के हाथ-पांव तुम्हारी जमानत बतौर हम अपने पास रखेंगे।

[लताड़ से रोती हुई अमीना भागकर कोठे में घुस जाती है। क़तराशाह कुछ नापसंदी से कहता है।]

क़तरा : बहुत सख़्त तक़ाज़ा किया मोहतरिम!

दरिया : फिर? करते नहीं? हक़ की दौलत का मामला है, चलो!

क़तरा : मेज़बान को बहुत फ़िक्र में छोड़ चले हज़रत?

दरिया : (**हंसकर**) अरे, क़तराशाह! यह दुनिया है। यहां इसी तरह एक फ़िक्र दूसरी को दबाये रहती है और आदमी उसे मिटाने के लिये जूझता रहता है। अब जुमे के रोज़ तक तो ढोल-ढमाके इसे रुला नहीं सकते आओ।

[जाते हैं। प्रकाश बंद होता है।]

मंच

[सारे मंच पर अंधेरा है। ढोल-ताशों और नफ़ीरी की कर्णकटु आवाज़ के साथ बहुत-से स्त्री-पुरुषों और बच्चों का समझ में न आने वाला शोर सुनाई देता है।]

मंच का अग्रभाग

[दिन का प्रकाश होता है, तब शोर बिल्कुल नहीं है। मंच के

बायें कोने पर दरियाशाह अपने फ़क़ीरी लिबास में ही आंखें मूंदे बैठे हैं। दाईं ओर से फ़कीरी लिबास में क़तराशाह ग़ुस्से में भरा हुआ तेज़ी से लपका हुआ आता है।]

क़तरा : बैठे हैं आप?

दरिया : **(शान्त)** हां, बैठा हूं। तुम्हारे इंतिज़ार में बैठा था। देख आये तमाशा?

क़तरा : देख आया।

दरिया : क्या देखा?

[क़तरा जवाब न देकर ग़ुस्से से मुंह फेर लेता है।]

दरिया : मैंने यह पूछा कि क्या देखा?

क़तरा : बदी का उजला और नेकी का मैला चेहरा देखा। नाइंसाफ़ी का बोलबाला हो रहा है। ग़लत आदमी ग़लत काम के सही होने का ढिंढोरा पीट रहे हैं। सही सोचने और सही काम करने वाले लाचारी से जाबिरों का मुंह ताक रहे हैं। यहां तक कि बड़े-बड़े पहुंचे हुए औलिया भी।

दरिया : औलियाओं की भी तो लाचारियां हो सकती हैं।

क़तरा : **(झल्लाकर)** तो क्या इंसानियत का मुंह पिटते हुए देखते रहें चुपचाप? हक़ हासिल करने का कोई चारा ही नहीं है। दुनिया में?

दरिया : चारा क्यों नहीं है? चारा न रहे तो ज़ालिमों के ख़िलाफ़ मज़लूमों को ख़म ठोक देने चाहिये।

क़तरा : कमज़ोर, बेबस और लाचार लोग ख़म ठोकने की जुरअत कर सकते, तो कर न देते अब तक?

दरिया : **(उठते हुए)** लाचारों की ताक़त हालात के थपेड़ों से बेहोश तो हो जाती है; पर मर थोड़े ही जाती है। एक ईमानदार के ईमान की ताक़त हजारों के बाज़ू फड़का देगी। ईमानदार के ख़ून की बूंद में तूफ़ान छिपा होता है मियां! बूंद गिरने तो दो।

[दाईं ओर जाते हैं। क़तरा पीछे जाता है। प्रकाश बंद होता है।]

तकिया

[दिन का प्रकाश होता है। रौनक़ महल की पूर्णता के प्रतीक रूप दरवाज़े में किवाड़ लग चुके हैं और इस समय बंद हैं। ठसाठस भीड़ है। बाईं ओर बुंदू समेत बगदारी कारीगरों, औरतों व बच्चों की, दाईं ओर फ़क़ीरों-भिखारियों की। फ़क़ीरों में दरिया शाह के साथी कारीगर अपने फ़क़ीरी लिबास में शामिल हैं। बीच में दरवाज़े के बाहर ऐशबेगम, तीन आपायें, अल्लाबंदा, सबरंग, मीरा, रौनक़ खड़े हैं। सजी-बजी रौनक़ की गोद में बच्चा है। सरफ़ू ने रौनक़ पर छत्री तान रखी है। मीरा के हाथ में रुपयों की एक थैली है। अलीजान मीरा के पास ही खड़ा है। ऐशबेगम पुकार कर कहती है।]

ऐशबेगम : ख़ैरात करो सौदागर मियां!

[मीरा थैली में से मुट्ठियां भर-भरकर फेंकता है। बगदारी बच्चे शोर मचाते हैं; पर बखेर उठाने को नहीं बढ़ते। फ़क़ीर बखेर पर लपक उठते हैं और जल्दी-जल्दी रुपये-पैसे उठाकर चले जाते हैं। मीरा ख़ाली थैली झाड़ने लगता है।]

ऐशबेगम : बेगम का हाथ थाम के रौनक़ महल में क़दम रक्खो सौदागर!

[खुद दरवाजा खोलने को बढ़ी। मीरा रौनक़ का हाथ थामकर बढ़ता है और सब साथी पीछे चलते हैं। ऐशबेगम के दरवाज़ा खोलते ही अन्दर से पीरा सामने आता है। प्रकाश का एक तीव्र घेरा पीरा पर पड़ता है। पीरा के कपड़े फटे हुए, दाढ़ी बढ़ी हुई, बाल उलझे हुए हैं। वह एक जिन्दा भूत की तरह दिखाई देता है। मीरा तो उसे देखकर सकते में आ खड़ा रह जाता है और सब चीख मारकर पीछे हट जाते

हैं।]

आपायें : हाय अल्ला!

ऐशबेगम : ऐ, ये कौन है मुआ भूत?

सबरंग : ईमान से! कोई जिन्नात में से तो नहीं है?

अल्लाबंदा : कसम से! उनमें से है तो...।

अलीजान : कोई फकीड़ फुकड़ा होगा। खैड़ात के वास्ते।

ऐशबेगम : ऐ, सौदागर! देख क्या रहे हो? कुछ दे दिला के टालो न इस मरदूद को।

सरफ़ू : (**छत्री बंद करता हुआ**) मियां! ये तो सौदागर साब का भाई अै, पीरा।

बुंदू : (**जोर से**) कौन? पीरा?

[बगदारियों की भीड़ में, 'पीरा, पीरा, पीरा' का शोर मचता है। ऐशबेगम चीख कर कहती है।]

ऐशबेगम : ऐ, ये पीरा हो या कोई हो! हटाओ न गरदनियां दे के। साइत गुज़री जा रही है।

[अल्लाबंदा, सबरंग और सरफ़ू पीरा की ओर बढ़ते हैं, तभी यकायक बूढ़े हकीम लुक़मान, उनकी बुर्के वाली चौथी बीवी और तीन-चार ज़नख़े सीढ़ियों से चढ़कर लपकते हुए सामने आते हैं। सबरंग की ओर उंगली उठाकर बीवी ज़ोर से चीख पड़ती है।]

बीवी : ये ई है वो, ये ई है।

एक ज़नखा : ऐ, पहचान लिया मुआ मुंडीकाटा! ये ई तो नाचा था हमारे साथ टूटी हड्डियां लेकर।

बीवी : (**जोर से रोकर**) मैं ज़रा-सी उठकर गई थी के ये मर्दक ले उड़ा मेरी बच्ची को। हाय मेरी बच्ची!

[स्थिर खड़े हुए मीरा ने हक्का-बक्का होकर रौनक़ की ओर देखा और वह धम से जमीन पर बैठ गया। बुंदू के साथ, ही-साथ बगदारियों की भीड़ में रौला उठा, तोबा, तोबा अल्ला,

अल्ला, हकीम का बच्चा, लुकमान का बच्चा उड़ा लाया। एक ज़नख़ा हथेली पटकाकर रौनक़ से बोलता है।]

ज़ुनखा : ऐ, औरत हो के भी ख़ुद नईं जन सकती, तो हमारी जमात में क्यों नईं आ मिलती मुई रंडी!

[सब ज़ुनखों ने अचानक एक साथ झपटकर रौनक़ से बच्चा छीन लिया। रौनक़, सबरंग और आपाओं ने ज़ोर की चीख मारी। ज़नख़ों ने बच्चा हकीम की बीवी को दे दिया। बीवी मुंह फेरकर बच्चे को दूध पिलाने बैठ गई। इसी चीख़ पुकार में बाईं ओर की भीड़ को चीरकर अमीना और करीमन ने प्रवेश किया। अमीना को देखते ही बुंदू बग-दारियों से पुकार कर कहता है।]

बुंदू : हीजड़े ना हो तो पूछ लो बे इस चुड़ैल से पीरा के लौंडे का अता-पता।

[बगदारियों में से कुछ लोग लाठी-कुदाल तानकर रौनक़ की ओर बढ़े, तो रौनक़ के टोले में शोर मच जाता है। अल्लाबंदे, सबरंग और सरफ़ू के घेरे में रौनक़ डर से थर-थराकर पुकार उठती है।]

रौनक़ : मुझे नहीं मालूम, मुझे नहीं मालूम। मैंने तो बाद में बुनियाद में गिरना सुना था, तो सबरंग से मिट्टी दिलाई थी।

[सुनते ही अमीना चीख मारकर बेहोश होकर गिर पड़ी। भीड़ की 'हाय-हाय' के शोर में करीमन व और कुछ औरतें अमीना को उठाकर एक ओर ले जाने लगती हैं और बुंदू गुस्से में भरकर रौनक़ से चीखकर बोलता है।]

बुंदू : गिरना सुना था या गिरा दिया था हरामज़ादी!

[औसान संभालकर ऐशबेगम बुंदू से बोलती है।]

ऐशबेगम : जुबान संभालकर बात कर बूढ़े! ऐ, एक तो अपना समझ कर हमारी बेटी ने उसके बच्चे को मिट्टी दी और बदले में हमारी बच्ची की गोद से तुमने उसका बच्चा छिनवा लिया? सरकार में रपट लिखवा के हम एक-एक बगदारी को फांसी पे

न लटकवा दें तो कहना।

[भीड़ उलझन में पड़कर एक-दूसरे का मुंह ताकने लगती है। ऐशबेगम ज़मीन पर घुटनों में मुंह दिये बैठे मीरा से कहती है।]

ऐशबेगम : चलो जी सौदागर! बेगम को ले के महल में दाख़िल हो फ़ौरन।

[मीरा उठता नहीं है।]

ऐशबेगम : (**ज़ोर से**) अलीजान भाई! उठाओ न सौदागर को।

अलीजान : (बड़बड़ाता हुआ) अब सौदागड़ क्या कोई गोदी का बच्चा है, जो अलीजान कमड़ पे लाद के उठा लेगा?

ऐशबेगम : (**चीखकर, बन्दे व सबरंग से**) ऐ, देख क्या रहे हो कारमारे से? उठाओ, सौदागर को।

[अल्लाबंदे, सबरंग और सरफ़ू ने मीरा को बग़लों में हाथ डालकर उठाया। ऐशबेगम ने रौनक़ को धकेला। सबको अपनी ओर आते देखकर पीरा तनकर खड़ा हो जाता है।]

सबरंग : इमान से! रास्ता छोड़ दो पीरअली!

[पीरा ज्यों-का-त्यों खड़ा रहता है।]

अल्लाबंदा : कसम से! इस वक़्त ये क्या दिल्लगी है? हट जाओ मियां!

[पीरा हटता नहीं है।]

अलीजान : जब पीड़ा बात ई नईं मानता, तो अलीजान का यां ठैड़ने का ई क्या काम अै?

[पीछे हटता है। दोनों चौखटों पर हाथ जमा कर पीरा ज़ोर से बोलता है।]

पीरा : नईं छोडूंगा, नईं हटूंगा, नईं मानूंगा। ये जग्गै दरियासाह की अै और मैं चौकीदार ऊं यां का।

बुंदू : अरे, पीरा! ये जमाना बड़ा नुत्फे हराम है। इसमें कब्जा सच्चा और झगड़ा झूटा ई इमान है। अब तो जिसका म्हैल अै, वो ई मालक अै। तू चौकीदारी करके क्या कल्लेगा? हट जा!

पीरा : चचा ! चोर का म्हैल साह की धरती पै ? सौदागर मेरा भाई है। भाई से ई इमान हार जाऊं ?

बुंदू : अरे, जो जैसा करैगा, वैसा भरैगा। अल्ला सब देखता है।

पीरा : **(दहाड़कर)** अल्ला की बात अल्ला जाने। मैं अपनी जान तो दे लूं इमान पै।

ऐशबेगम : **(चीख़कर)** ऐ, ये क्या दिल्लगीबाजी हो रही है ? मारो न मूए को लठियों से।

[सबरंग, सरफ़ू व अल्लाबंदे ने मीरा को छोड़ दिया। छोड़ते ही मीरा जमीन पर ढह पड़ा और वे तीनों इधर-उधर से लाठी-लकड़ी उठाकर पीरा पर झपट पड़े। बगदारियों में शोर मच गया। इसी शोर में अलीजान नज़र बचाता हुआ भागता है। ज़नखे, हकीम और उसकी बीवी भी बच्चे को लेकर अलीजान के पीछे निकल जाते हैं। सबरंग वग़ैरह ने पीरा को घेरकर लाठियां बरसानी शुरू कर दी हैं। बुंदू चीखता-पुकारता हुआ मारने वालों के घेरे में भर्रा पड़ा, तो मारने वालों का हाथ रुक जाता है। क्षणों के सन्नाटे में बुंदू ज़मीन पर लहूलुहान पड़े हुए पीरा को देखता है। दोनों हाथों में मुंह छिपाये बैठे मीरा को देखता है और फिर भयंकर रूप से उग्र होकर वह गला फाड़कर चीख उठता है।]

बुंदू : जो इन बेईमानों को जीता छोड़ै, वो बगदारी हरामी !

[सारे बगदारी एक साथ "अल्ला हो अकबर" कहकर पुकार उठते हैं। इस पुकार से घबराकर रौनक़ की टोली सरफ़ू समेत अचानक ही सीढ़ियों की ओर बेतहाशा भाग छूटती है। मारो, मारो ! पुकारती हुई बगदारियों की भीड़ पीछा करती हुई उनके पीछे दौड़ पड़ती है। क्षणों में ही तकिया भीड़ से खाली हो जाता है। एक ओर करीमन के उपचार से होश में आती हुई अस्त-व्यस्त अमीना पड़ी रह जाती है। दरवाज़े के बाहर पत्थर की तरह पड़े मीरा के पास से लहूलुहान पीरा को उठाकर

बुंदू अमीना के बराबर में ला लिटाता है और अपना साफ़ा फाड़कर उसके सिर में पट्टी बांधने लगता है। "मारो, मारो!' की पुकारें दूर होती-होती बंद हो जाती हैं। इन आवाज़ों के बन्द होने के साथ-साथ ही सब ओर का प्रकाश धूमिल होकर पीरा पर केन्द्रित हो जाता है। तभी अचानक 'अलख अल्लाह' की आवाज़ सुनकर पीरा आंखें मिचमिचाता है और होश में आकर कुलबुलाती हुई अमीना की ओर देखता है; पर वह उठ नहीं सकता, फिर वही आवाज़ आयी, तो पीरा झटके से उठता है और लडखड़ाता हुआ दरवाज़े की ओर चल पड़ता है। उसके चलने के साथ ही प्रकाश पूर्ववत हो जाता है। दरवाज़े के बाहर क़तराशाह के साथ खड़े हुए दरियाशाह पीरा को आता देखकर बोलते हैं।]

दरिया : आओ, पीरशाह आओ!

पीरा : अरे, त्तेरा भला हो जाए बाबा! तू तो वो ई अै बैरूपिया! हमने पिछाना ई नईं तुजे।

[दरियाशाह हंस पड़ते हैं। पीरा अंटी से पोटली निकालता हुआ बोलता है।]

पीरा : ले सिम्हाल अपनी बची हुई पोटली। इन्ने बड़ा खून पिया अै हमारा।

दरिया : इसे तो अब तुम्हीं रक्खो पीरशाह!

पीरा : (**हाथ जोड़कर**) ब माफ ईकर हमें तो।

दरिया : भई, ये तो तुम्हारी मज़दूरी की है।

पीरा : अरे, काए की मजूरी?

दरिया : चौकीदारी की।

पीरा : (**हंसकर**) अच्छा, तो तेरी मर्जी। दिये देता ऊं अमीना को।

[अमीना के पास जाकर पीरा कहता है।]

पीरा : ले री, तैंने भौत आखरी उठा रक्खी थी पोटली के मारै।

[अमीना बिलबिलाकर रोती हुई बोलती है।]

अमीना : गोद तो उजड़ गई, अब ये पोटली क्या उसकी जगै कोख में धरूंगी दाता गंजबकस!

[अमीना के पास आकर दरियाशाह बोलते हैं।]

दरिया : बीबी! मस्लेहत से ही छीना जाता है और मस्लेहत से ही दिया जाता है। जो छिन गया उसका रंज न कर, जो दोबारा दिया गया है, उसका शुक्र कर।

[इस इशारे से अपना पेट ढकती हुई अमीना हड़बड़ाकर खड़ी हो जाती है। करीमन धीरे-से उसके कान में कहती है।]

करीमन : दरिया बाबा हैं री!

अमीना : **(शर्मिन्दा-सी, दरिया से)** मैंने इत्ते दिन घर में रख के बी नईं पिछाना तुमें।

दरिया : हां, बीबी! मुश्किल होता है पहचानना।

अमीना : (**रोती-सी**) बड़े जी! मेरे छिने हुए बच्चे को तुमरे घर में बसेरा मिल गया इसी का सुकर मनाऊंगी।

क़तरा : वाह वा! वाह वा!

पीरा : (**दरिया से**) अरे वव्वा तो हो गई; पर तु हमें एक बात तो बता औघड़!

दरिया : क्या?

पीरा : जब ये बेगम की तकिया तुजे आपी बनाना था, तो हमें हलकान करने की क्या पड़ गई थी?

दरिया : (**जोर से हंसकर**) नाम तो ख़ैर ख़ूब रख दिया तुमने इस जगह का; पर यह हमने कहां बनाया है, यह तो अमीर अली ने बनाया है।

[दरवाज़े के बाहर औंधा पड़ा हुआ मीरा एकदम उठकर अपनी जूती से तड़ातड़ अपना मुंह पीटता हुआ बोलता है।]

मीरा : सब दरिया बाबा का है, सब दरिया बाबा का है, सब दरिया बाबा का है, सब दरिया बाबा का है।

पीरा : (**हंसकर**) ये उल्लू ना जाने क्या कै रया है। तु जने क्या कै रया

अै। हम कुछ और ई पूछ रये अैं।

क़तरा : (**दरिया से**) हुज़ूर ! पीरशाह शायद काम मांग रहे हैं।

दरिया : (**पीरा से**) यह बात है तो आ जाओ क़लंदर ! इस मकान के सारे दरवाज़े तोड़ डालो, ताकि यह कभी किसी पनाहगीर को किसी वक़्त बन्द न मिलें। सौगुनी मज़दूरी मिलेगी।

पीरा : अरे, ये इत्ता-सा काम तो मैं बिना मजूरी ई कर दूंगा; पर करूंगा काए से। औजार तो अैं ई नईं।

दरिया : (**क़तरा से**) पीरशाह के औज़ार दे दो शहज़ादे ! ताकि रखे-रखे कारीगर के औज़ारों की धार न मारी जाए।

[क़तरा पीरा को औज़ारों का थैला देता है, तो अमीना दरियाशाह से कहती है।]

अमीना : बड़े मियां ! औज़ार मत दो जामिन के। रुपिये नईं लौटा सकी ऊं। जिनगानी भर तुमारी अनामत के बल्दे में अपने सिर के बालों से तुमारा तकिया बुहार-बुहार के देनदारी चुका दूंगी।

क़तरा : सुभान अल्लाह !

दरिया : (**अमीना से**) बीबी ! अमानत तो तुम्हारे देने से पहले ही माल मज़दूरी और खैरात के ज़रिये हमने वसूल पा ली। तुम्हारा-हमारा हिसाब साफ। तुम घर जाओ।

[करीमन अमीना का हाथ थामकर सीढ़ियों की ओर ले जाती है।]

दरिया : (**क़तरा से**) बस, शहज़ादे ! सब देख-समझ लिया या कुछ बाक़ी है?

क़तरा : बस, पीरोमुर्शिद ! सिर्फ़ शुक्र करना बाक़ी है।

दरिया : यह काम तो इंसान के लिए हमेशा बाक़ी ही रहेगा। (**पुकारकर**) अलख अल्लाह !

[दोनों दरवाज़े से अन्दर जाते हैं। पीरा थैले से बसूली निकालकर (**माइम**) दरवाज़ा तोड़ने लगता है। मीरा अपनी

जगह औंधा पड़ा रहता है। बुंदू वहीं पड़ा हुआ एक कनस्तर उठाकर बजाकर पोपली आवाज़ में गाने लगता है।]

सबर तोसक, तकिया तकदीरी।
सुकर दौलत, ईमान अमीरी।
जो सुने उसे अकसीरी।
प्यारे मेरी बात अखीरी।
प्यारे मेरी बात अखीरी।